o pássaro secreto

marilia arnaud
o pássaro secreto

2ª edição

Rio de Janeiro, 2022

CIP-BRASIL. CATALOGAÇÃO NA PUBLICAÇÃO
SINDICATO NACIONAL DOS EDITORES DE LIVROS, RJ

A769p
2. ed.

Arnaud, Marília
O pássaro secreto / Marília Arnaud. – 2. ed. – Rio de Janeiro :
José Olympio, 2022.

ISBN 978-65-58-47031-1

1. Romance brasileiro. I. Título.

CDD: 869.3
21-71501   CDU: 82-31(81)

Meri Gleice Rodrigues de Souza – Bibliotecária – CRB-7/6439

Copyright © Marilia Arnaud, 2021

Este livro foi revisado segundo o Novo Acordo da Língua Portuguesa.

Todos os direitos reservados. Proibida a reprodução, o armazenamento ou a transmissão de partes deste livro, através de quaisquer meios, sem prévia autorização por escrito.

Reservam-se os direitos desta edição à
EDITORA JOSÉ OLYMPIO LTDA.
Rua Argentina, 171 – 3º andar – São Cristóvão
20921-380 – Rio de Janeiro, RJ
Tel.: (21) 2585–2000.

Seja um leitor preferencial Record.
Cadastre-se em www.record.com.br e receba informações
sobre nossos lançamentos e promoções.
sac@record.com.br

ISBN 978-65-58-47031-1

Impresso no Brasil
2022

*Para Vinicius, que sonhou
este sonho comigo.*

Não sei sobre pássaros,
não conheço a história
do fogo.
Mas creio que a minha
solidão
deveria ter asas.

Alejandra Pizarnik

um

Talvez exista um lugar de onde não se pode mais retornar, onde a vida não pode ser restituída. Talvez esse lugar seja aqui, onde estou agora, submersa na essência do silêncio, a entoar uma canção sem melodia nem palavras, livre do peso do meu próprio corpo, livre de mim mesma.

dois

A vida tem tanta força, que flores brotam em jardins de cimento. Para mim, todavia, a morte começou muito cedo. Antes que o tempo perdesse a aura de infinidade que maquia a juventude, eu não tinha mais nenhum caminho por onde seguir. Não me foi dada a chance de outra vida. E, se minha avó Sarita estivesse aqui, ela me olharia muito séria e diria: "Como Deus faz falta, Marrã!"

Eu me chamo Aglaia Negromonte. Não carrego o nome de família da minha mãe. Meu pai, que registrou meu nascimento, não conseguiu me explicar a omissão. Meu nome não combina comigo. Onde, a Graça? Minha mãe conta que lutou para eu me chamar Maria Letícia, ou Maria Eugênia, ou simplesmente Maria. Além de não cair de amores pelos moradores do Monte Olimpo, temia não gerar uma segunda e uma terceira filha que justificassem a trindade das mitológicas Graças gregas. Mas, como não houve argumento capaz de desmontar o querer de Heleno Negromonte, acabou vencida. Gosto do sobrenome. Negromonte me faz pensar em montanhas cobertas por um véu profundo de rochas e bosques de pinheiros, em cumes coroados por rebanhos de nuvens, em encostas e escarpas brutas, em grutas por onde se esgueiram lobos de olhos sedentos. Negromonte me faz pensar em mistério e solidão.

Nasci às vinte e duas horas e quinze minutos de uma quarta-feira após o carnaval. Quando criança, achava curioso o feriado ser chamado Quarta-Feira de Cinzas. Minha avó Sarita explicou que, durante a cerimônia católica celebrada nesse dia, ao fazer uma cruz de cinzas na testa dos fiéis, o padre fala: "Lembra-te que és pó e que ao pó voltarás", para que não se esqueçam da própria mortalidade, libertem-se do peso do ego e renasçam puros, como homens de Deus.

Vim ao mundo na maternidade da universidade federal onde minha mãe trabalhava. A gravidez foi de risco, com hipertensão e outras complicações, e ela foi obrigada a passar os sete meses da gestação na cama. Ela também me contou que, ao nascer, berrei com a potência vocal de um bebê de muitos meses, assustando quem estava na sala de parto, e, ao ser colocada na incubadora, onde permaneci até os pediatras me considerarem pronta para o mundo aqui fora, enfrentei aquele primeiro vazio com um choro agudo e contínuo. Em uma fotografia, feita sei lá por quem, sou um rato cor-de-rosa aprisionado na redoma de vidro; um hamster de barriga para cima, braços e pernas de fiapo enrodilhados em tubos e fios.

Chorei incessantemente da manhã à noite durante os primeiros dias de vida, quase a ponto de enlouquecer as enfermeiras e, quando fomos para casa, minha mãe. Só lhe dava trégua durante as mamadas e o sono, sempre curto e agoniado; eu grunhia, rolava de um lado para o outro, chocava-me contra as barras do berço. Outra foto dessa época mostrou-me uma mãe sobrevivente de uma guerra particular. Adormecia comigo pendurada em seus seios. Leite, tinha suficiente para alimentar mais um bebê. A hipótese de fome, portanto, estava descartada. A pediatra, depois de me virar pelo avesso, afastou as suspeitas de cólica, dor de ouvido, refluxo, assadura, qualquer desconforto ou doença que justificasse meu pranto.

Para não ouvir o berreiro, meu pai trancava-se no escritório e, de lá, gritava: "Por Deus, Luísa, o que diabos tem essa menina?" Minhas lágrimas, sem motivo aparente, desafiavam a inteligência dos médicos. Talvez eu pressentisse o que me aguardava. Talvez. Há muitas perguntas para as quais continuo sem resposta. A primeira delas, a mais íntima e determinante, a mais antiga, a mais aflitiva desde a infância: "Por que sou como sou?" Minha mãe fingia não me compreender e respondia com outra pergunta: "Qual é o problema em ser como você é, filha?" E minha avó Sarita dizia: "Sossega, Marrã, nem tudo neste mundo pode ser explicado."

Havia explicação para coisas simples como câimbra, soluço, bocejo. Também se explicavam terremoto, aurora boreal, sol à meia-noite, *hunters moon*, entre outros fenômenos da natureza. Explicava-se até mesmo o assombroso fato, ao menos para mim, de trezentas toneladas de liga de alumínio segurarem-se no ar e planarem como um pássaro monstruoso a caminho do ninho. Um dia, ouvi alguém comentar que, depois de enterrados, as unhas e os cabelos dos mortos continuam crescendo, e meu pai — ele não deixava nada sem explicação, desde que a explicação não fosse sobre ele mesmo — deu-me uma aula sobre as diferentes espécies de células do corpo humano.

Em outra ocasião, quando estava de férias em *Saudade* — o sítio da minha avó Sarita, que pertenceu aos seus pais e aos pais dos seus pais, e, creio, aos pais dos pais dos seus pais —, acordei com a sensação de estar sendo observada. Ao abrir os olhos, avistei, por trás da janela envidraçada, uma serpente descomunal, em pé feito um bicho de patas. Reparei que ela se dobrava para espiar o interior do quarto, e lá estavam os anéis em tons de preto, castanho e laranja, a cabeça chata de olhos oblíquos, a boca de presas e a língua fina, preta e bifurcada na ponta, que se espichava e se encolhia rapidamente. Tentei levantar, mas as pernas não funcionaram, como se correntes me amarrassem à cama, e gritei por um tempo que me pareceu longo demais, até minha avó aparecer, aninhar-me em seus braços e me falar sobre o quanto nosso cérebro é capaz de nos pregar peças. Às vezes, peças bem cruéis. Também para aquele horror havia explicação.

Nenhuma ciência, porém, elucidava as pessoas e as suas idiossincrasias; nenhuma palavra dava conta das estranhezas e ambiguidades de que se faziam. Fluidas como água, não se podia confiar nelas nem dava para saber quando mentiam, tramavam ou escondiam algo. O certo é que era possível viver ao lado de alguém durante toda uma existência, dormir e acordar junto dia a dia e de modo algum saber o que o outro pensava ou era capaz de fazer. Aquilo era assustador. Aquilo tirava meu mundo do lugar.

Perdi a inocência por enxergar as pessoas sob a casca. Minha avó acreditava que isso teria desencadeado a ansiedade em alto grau, os surtos de pânico, os colapsos nervosos. E tudo o mais. Todavia, enxergá-las por dentro não importava clareza. Pelo contrário. Havia muita confusão no interior das pessoas. Carregavam o céu e o inferno. Uma imensidão de contrários que me dava ânsia de esbravejar até minha boca se romper. Amor e ódio, força e fragilidade, doçura e azedume, desapego e mesquinhez, tristeza e alegria, medo e bravura. O melhor e o pior. E, no meio daquilo tudo, um mistério.

Tão fácil invadir a mente das pessoas e dar voltas por corações borrados de vida! Estava tudo lá. Bastava mirá-las bem dentro dos olhos e mergulhar. O que mais me apavorou na primeira vez em que encontrei Thalie foi não enxergar nada dentro dela. Um livro sem palavras. Lembro-me bem desse momento. Foi no dia em que ela surgiu à porta de casa, com o cachorro nos braços e meu pai na retaguarda. Nunca antes me acontecera algo parecido. Aquele vazio só podia ser mandinga. Baixei a cabeça e, com o coração lutando para sair pela boca, preguei os olhos no piso que Eufrosine limpara para a passagem da princesa.

Desisti das pessoas; elas me causam exaustão psíquica. Não as enxergo mais, sequer ouso encará-las, nem pondero mais sobre elas. Hoje me faço perguntas bem banais. Quero saber se amanhã vai chover ou fazer sol, se o preço das frutas e hortaliças do senhor que instala sua banca aqui em frente ao prédio está mais em conta do que o do mercadinho do bairro. Se devo pintar, na sala, a parede que desbotou com um vazamento, se o girassol que enfeita minha varanda, e ainda não floresceu, merece mais uma porção de adubo.

Em alguns meses terei quarenta anos, e minha infância foi ontem. Ontem também vivíamos em um conjunto habitacional para professores da universidade federal, e meus irmãos brincavam no arremedo de parque em frente à nossa casa de terraço e jardim. Ainda que raras, guardo em mim, com o nome de amor, as lembranças desses primeiros anos de vida, se é que o amor pode ser a lembrança de um aroma, uma sensação, uma atmosfera.

Recordo-me do quarto que eu e Heitor dividíamos — Eufrosine era tão só um bebê e dormia em um berço ao lado da cama da minha mãe —, da cômoda e do armário laqueados de branco, prateleiras com alguns livros e brinquedos, cortinas de voal bege que adejavam ligeiramente em torno da janela aberta, do teto de estrelas que se acendiam no escuro, e da minha mãe, deitada ao meu lado, lendo para mim. Fecho os olhos, e as ilustrações em cores fortes e traços bem marcados surgem à minha frente, e as palavras, apontadas por dedos de unhas curtas e rosadas, bailam ao som da sua voz, e o cheiro de maçã do xampu com que ela lavava os cabelos, da lavanda borrifada nos lençóis e da massa de modelar que impregnava o quarto me invade com intensidade.

Meu primeiro brinquedo, o meu ursinho de pelúcia, foi um livro. Éramos presenteados com livros em datas festivas, como aniversário, dia das crianças e Natal, e, uma vez ou outra, quando minha mãe recebia o salário. Naturalmente não acreditávamos na história que ela nos contava sobre um Polo Norte rico em bibliotecas, e um bom velhinho que distribuía livros apenas para as crianças consideradas especiais. Eufrosine, que sonhava com bonecas que tomavam mamadeira, faziam xixi, patinavam e soltavam bolinhas de sabão, dizia que Papai Noel não passava de um velho maluco e cruel. Heitor odiava os livros que era obrigado a ler, inclusive os de Julio Verne, autor que meu pai assegurava ser capaz de fisgar a atenção de qualquer garoto da sua idade, e eu nem mesmo acreditava na existência dele.

Fui alfabetizada com pouco mais de quatro anos. Minha mãe me contou que eu vivia perguntando a quem estivesse por perto que palavra era aquela na caixa de leite, no pacote de biscoitos, na capa do livro, aquela lá no outdoor e aquela outra na manchete do jornal. Nessa época, estudávamos em uma escola distante de casa, em outro bairro; íamos e voltávamos de transporte escolar. Enquanto as crianças tagarelavam, jogavam, discutiam, eu ia dando conta de tudo que era letreiro nas ruas. E tinha que ser rápida, porque em um segundo os outdoors, as faixas, os cartazes, os anúncios nas fachadas dos prédios estavam bem à minha frente ou ao meu lado e logo não estavam mais.

Nos fins de semana, quando saíamos de carro, eu lia em voz alta toda e qualquer palavra que se pusesse diante dos meus olhos, e meu pai ou minha mãe, quem estivesse à direção, sorria para mim pelo retrovisor, e aquele sorriso de aprovação me revelava que a palavra era o mais puro amor.

Desde o momento em que acordava, quando enxergava minha mãe à porta do quarto e lhe dizia "Já estou levantando" ou "Me deixa dormir mais um pouco", até os últimos momentos do meu dia, quando adormecia agarrada a um livro ou ao diário, sabia que as palavras estavam ali, por trás de tudo, uma espécie de ponte entre mim e o mundo.

Tenho uma sensação, que na verdade é uma lembrança de quando comecei a ler. O mundo era uma caixa que nos guardava a mim, meu pai, minha mãe, meus irmãos, minha avó Sarita, nossa casa, a casa da minha avó, o playground, a escola e a sorveteria. De repente, a caixa rompeu-se, e o mundo saltou de dentro como mola, imenso, infinito, abarrotado de coisas, caminhos e belezas. Embora eu não pudesse ver nem tocar tudo aquilo, o mundo estendia-se até os confins da palavra. E carregada de significados, a palavra me contava o mundo, mesmo quando ele não era real.

Meu pai nos dava, a mim e aos meus irmãos, verdadeiras aulas sobre a origem e a evolução das palavras. "Coração" era a palavra mais bonita do universo, sobretudo, quando eu a sussurrava em minha cama, no silêncio das cobertas, enquanto todos dormiam. Um momento mágico, como se, ao ser pronunciada, a palavra tocasse o que representava.

"Coração" deriva do latim *cor*, mas há quem afirme ter origem na raiz indo-europeia *kered*, que, por sua vez, deriva da palavra grega *kardia*. E eu, que por muito tempo imaginei que as coisas já nasciam com nome, perguntava-me quem primeiro no mundo afirmara que *kardia* era *kardia*, quando *kardia* era apenas um som tão distante quanto o indivíduo que o enunciara. E me perguntava também se, antes de chegarem à *kardia*, não existira alguém que pusera a mão sobre o lado esquerdo superior do torso e pronunciara *ker*, e, quem sabe, certa mãe não deitara a cabeça sobre o peito do filho e murmurara *kor* ou *kaer*, e, por fim, um sujeito voluntarioso como meu pai teria bradado *kardia*, e então *kardia* se impusera como palavra.

Em nossa casa, tudo girava em torno da palavra. Não a palavra ordinária, que organizava a vida cotidiana, mas a que abria as portas para o imaginário, a fantasia, o milagre da vida reinventada. Em cada cômodo havia um dicionário, naquele tempo, físico e imenso. Além de se prestar para dirimir as dúvidas surgidas durante as partidas de *Scrabble*, funcionava como tabuleiro de jogo. Meu pai nos fazia sentar em círculo sobre o tapete da sala, colocava um dicionário no centro e o abria de forma aleatória. Um de cada vez, e de olhos fechados, escorregava o indicador pela página e pausava em uma palavra qualquer. Depois de ler sua definição, construía uma frase com ela.

Nas vezes em que o jogador era meu pai, ele não somente criava a frase como também recitava algum poema ou ia até o escritório e de lá voltava com um livro, de onde a palavra brotava com um sentido particular. Costumava ser bom nisso, e nos impressionava com gestos imensos, fala grave e pausada, discursos sobre os fatos que marcaram a vida dos grandes nomes da história do teatro: Sófocles, Ésquilo, Eurípedes, as *morality plays*, a *commedia dell'arte*, a *comédie française*, o teatro épico, o moderno, o contemporâneo, o teatro do absurdo, o Homem e a sua eterna busca pela felicidade.

Não sei quando deixei de prestar atenção aos monólogos do meu pai. Em algum impreciso momento suas histórias começaram a me entrar por um ouvido e sair pelo outro, e logo me tornei indiferente às suas caras e bocas. Sei que já nos mudáramos da casa para o apartamento e Thalie ainda não existia em nossa vida. Foi mais ou menos no tempo em que ele resolveu colocar um sofá-cama no escritório e passou a dormir por lá. Todas as manhãs, antes de sair para a escola, eu o espiava pelo buraco da fechadura. Molière, Racine, Bertolt Brecht, Artaud, Sartre, Samuel Beckett, Tennessee Williams, Gil Vicente, Plínio Marcos, Nelson Rodrigues, García Lorca, entre outros grandes da arte dramática, forravam as paredes e o piso do escritório improvisado no quarto da área de serviço. Jornais e laudas brotavam por toda parte, pontas de cigarro esborravam dos cinzeiros espalhados na mesa de trabalho, e pratos com restos de comida constelavam o chão empoeirado. Vestido com a roupa da véspera, a boca aberta, o peito largo subindo e descendo, meu pai, o grande ator e dramaturgo Heleno Negromonte, que todos reverenciavam, parecia-me o homem mais desamparado da face da Terra.

Enclausurado ali, gastava os dias lendo, escrevendo, falando ao telefone, passando e repassando falas. Minha mãe lamentava que o marido não soubesse consertar os objetos que se quebravam em casa nem trocar lâmpadas nem reparar vazamentos. Havia muito o que lamentar. Nem mesmo quando eu e meus irmãos discutíamos violentamente e ela implorava a interferência do meu pai para nos fazer parar, porque nossos gritos realmente a tiravam do sério — e como sabíamos gritar! —, ele se dignava a abrir a porta e dar uma espiada no que estava acontecendo lá fora. Se dependesse dele, estouraríamos sem piedade os tímpanos da minha mãe e faríamos qualquer coisa que nos desse na telha, desde que ele não fosse obrigado a parar o que estivesse fazendo, a interromper suas atividades intelectuais, a abandonar o escritório, nas palavras irônicas da minha mãe: "a concha dourada de Heleno".

Tínhamos dois Helenos: o marido-pai, que gastava todas as horas do dia enfiado nele mesmo, e o notável ator Heleno Negromonte, gentil, eloquente, divertido, para quem o mundo era um palco com todas as luzes da ribalta. Bastava atravessar a porta de casa para o marido-pai se travestir de ator. Da vizinha, que tomava o elevador junto com ele, ao porteiro, que lhe dava bom-dia, ninguém escapava do seu derrame de amabilidades e galanteios, das frases feitas acompanhadas do mais exagerado gestual. Com seus versos e maneirismos, seduzia jovens e velhos, homens, mulheres e crianças. Como se estivesse diante de câmeras, sob a luz de refletores, abria os braços e declamava os versos de Augusto dos Anjos:

> *Eu, filho do carbono e do amoníaco,*
> *Monstro de escuridão e rutilância...*

E, fincando os olhões pestanudos nos olhos do espectador, passando a mão devagar na barba bem-cuidada, penteando os fios pretos e cinzentos com os dedos, seguia desfiando versos de Fernando Pessoa, um dos seus poetas favoritos:

> *não sou nada, nunca serei nada, não posso*
> *querer ser nada,*
> *à parte isso tenho em mim todos os sonhos*
> *do mundo*

Para cada situação, uma *persona*, uma fala, um poema, um sorriso.

Impossível meu pai passar despercebido em qualquer lugar. Vovó Sarita afirmava que ele enchia uma sala, e minha mãe acrescentava: "Mais que uma sala, Heleno enche o mundo." Sólido, vibrante, excessivo, onde meu pai existia não restava espaço para mais ninguém. Gigante cego, esmagava quem se pusesse no seu caminho, quem atravessasse à sua frente.

Na ausência da minha mãe, seu sorriso fazia-se mais largo, expandindo-se da boca às têmporas e das têmporas ao queixo marcado por uma cova, e a poesia do mundo fazia morada em sua língua. Talvez porque fosse sempre ela a convocá-lo de volta à realidade, coisa que meu pai não fazia sem se aborrecer seriamente.

Quando saíamos juntos, consumia-me a aflição de que pudesse encontrar algum admirador ou conhecido, que alguém o abordasse e eu fosse obrigada a presenciar mais uma de suas atuações burlescas, a assistir aos mesmíssimos shows de retórica, charme e erudição. Envergonhava-me a bajulação tão despudorada de algumas pessoas. E, embora desejasse chamá-lo à razão, "Ei, pai! Olha aqui! Não há plateia nem casa lotada, somos apenas eu e a tonta dessa mulher de sorriso reverente", calava-me, sem a esperança de que alguém, por certo não eu, pudesse dar conta da saliência do meu pai, e me questionava como era possível ele não perceber o picaresco daquelas cenas. Como uma criatura podia ser tão sábia e tão tola ao mesmo tempo?

Minha mãe não se constrangia com aquelas exibições, creio que até mesmo as apreciava. Eu não compreendia como ela, que era especialmente bonita, tratava as pessoas com delicadeza e honestidade e conversava com fluência sobre qualquer assunto, deixava-se eclipsar por ele daquela forma. Quando os dois estavam juntos, ninguém se dirigia a ela, como se não existisse como indivíduo, como se fosse um apêndice dele. Aquilo me enfurecia, e, mais ainda, o fato de aquela invisibilidade não a perturbar.

Minha avó Sarita contava-me fatos da adolescência e da infância do filho, na tentativa de me convencer de que ele era o que sempre fora, o que sua natureza determinava, tanto quanto tinha olhos azuis, pele clara e cabelos castanhos. Ah! Então estaria nos genes do meu pai a certeza de que o mundo só existia porque ele existia? Vovó entortava a boca, um trejeito de reprovação, e afirmava que muitas meninas gostariam de ter como pai Heleno Negromonte, um homem culto, espirituoso, carismático, além de respeitado profissionalmente.

Para mim era um mistério meu pai conseguir encantar as pessoas com aquelas pantomimas, se de modo algum saía dele, se os outros o impacientavam, se, no fundo, no fundo, não concedia a ninguém uma atenção verdadeira. Admito que se importava com a família, mas apenas ocasionalmente e não de forma espontânea. Minha mãe precisava invocar sua condição de marido e pai e lembrá-lo de que ela não se casara com um fantasma nem fizera os filhos sozinha.

Às vezes minha mãe sacudia o casulo, gritava por cima do barulho do mar e conseguia fazer com que o molusco a ouvisse, desde que o assunto não fosse compras a fazer, contas a pagar, problemas dos filhos na escola, desde que ele não tivesse que apartar brigas ou nos dar broncas. Ainda que estivesse em casa mais tempo do que minha mãe — ela tinha horários a cumprir no trabalho —, vivia alheio ao que se passava além da porta do escritório, atracado aos livros e esquecido, meu pobre grande pai, de que dessa mesma maneira Próspero perdera seu reino.

Lembro-me particularmente de um dia em que Heitor fez sumir o livro que eu estava lendo. Fui ao banheiro e o deixei aberto sobre a cama. De volta ao quarto, não o encontrei mais. Minha mãe, que resolvia essas pendengas, saíra para o trabalho. Depois de revolver em vão todos os cômodos da casa, pensei em recorrer a meu pai. A complicação era que eu estava lendo um dos livros da coleção Vagalume e temia que ele, preconceituoso como era com autores que ignorava, indagasse sobre a porcaria com a qual eu gastava meu precioso tempo, e que eu não conseguisse argumentar sobre as maravilhas que a coleção oferecia.

Como minha mãe ia demorar a voltar para casa, decidi, enfim, chamá-lo. Bati uma, duas, três vezes. Estava prestes a desistir quando ele surgiu à porta, visivelmente contrariado. Desmanchada em lágrimas, implorei que desse um jeito no primitivo do Heitor e o fizesse me devolver o livro. Balançou a cabeça, olhou-me de um jeito que sempre me fazia sentir a menor das criaturas e falou que nós éramos insuportavelmente estorvantes e que às vezes era fácil demais compreender Herodes. Em seguida, bateu a porta na minha cara. Por último, quando eu já não podia vê-lo, deixou escapar um palavrão — minha mãe execrava palavrões e nos proibia terminantemente de expressá-los. Mas o que em nós era feio e vergonhoso em meu pai era ímpeto retórico.

Não sabia o que significava "estorvante", mas intuí logo que não podia se tratar de nada bom. A despeito de ter apenas dez ou onze anos de idade, senti, naquele justo instante, o quanto era difícil para meu pai, o único que eu tinha, o exercício da paternidade. Nem o palavrão nem a referência a Herodes me atordoaram. Perturbaram-me a veemência e a verdade com que suas palavras me alcançaram, me derrubaram e me cravaram ao chão.

Quis matar e enterrar, bem enterrado, aquele sentimento, mas as patas raivosas de algo que se alargava dentro de mim chutaram-no de um lado para o outro, como se a dificuldade do meu pai, em mim feita mágoa, fosse um feroz predador. O sentimento engalfinhou-se com algo crescente dentro de mim, uma refrega de garras e presas afiadas, sem que me chegassem forças para apartá-los.

três

O mundo arde diante dos meus olhos, espantosamente irreal, dissolvido em borrões. Quem são essas pessoas que circulam ao meu redor, conversando aos sussurros, observando-me com estranha atenção? Onde estão meu pai, minha mãe, minha avó Sarita? Se estou morta, vovó enganou--se, agora sei. O destino dos pássaros não é o céu. O destino dos pássaros é o inferno, onde acabam por tombar, as asas partidas de escuridão.

quatro

Minha mente é uma floresta escura, uma floresta selvagem. Em meio às árvores de troncos tortuosos e à trama musguenta de raízes e trepadeiras, um pássaro de espécie rara, de olhos grandes voltados para a frente, tal ave de rapina, de rêmiges e timoneiras de excepcional largura e rigidez, saltita sobre lagoas de águas escuras e alça voos rasos sobre o dossel verde-lodo do vasto arvoredo. Seu canto, ah!, é o mais puro silêncio.

Minha primeira psiquiatra, doutora Ana Augusta, não fazia ideia do ser que respirava comigo, que fluía em minhas artérias, o coração batendo junto com o meu. Como mães sentem o filho no ventre, eu sentia a Coisa em mim, nem um pouco gosmenta, tentacular ou repulsiva como os alienígenas dos filmes de ficção científica. Alada e espantosa, era da mesma matéria dos anjos, o que não quer dizer que eu fosse habitada por uma criatura de luz.

Doutor Xisto, um dos tantos psiquiatras com quem me tratei, foi o único a farejar sua presença. Um dia me disse, naquele discurso bonito de médico de almas, que não é o outro quem nos enlouquece, tudo se resumindo à aceitação de si mesmo, e um dia, quando eu conseguisse acolher minha face mais sombria, mais imperfeita, mais bem oculta em mim, finalmente estaria livre para ser feliz. Doutora Ana Augusta não falava em felicidade, gostava de usar a expressão "coração aquietado", e eu imaginava que paz e felicidade talvez fossem a mesma coisa.

Foi ela quem me disse, ao tomar conhecimento da minha habilidade com as palavras, que uma única frase escrita sobre o que se vivenciou no dia anterior, ou há alguns dias, meses, anos, podia ser o começo de uma boa história. Não sei se esta é uma boa história, é minha história, minha elegia. E não me perguntem por que as pessoas escrevem sobre fatos que lhes causam sofrimento. Dizem que narrar é um modo de iluminar nossas zonas escuras, as palavras têm o poder de fazer cair o lençol branco das assombrações e escrever é uma forma de se desgarrar de si mesmo e se entregar.

Eu me entrego.

Poderia começar contando de quando eu tinha treze anos e uma garota despencou em minha vida, abrindo o paraquedas e o sorriso de capa de revista no meio da nossa sala. Essa garota pegou minha vida e saiu com ela por aí, sacudindo-a de um lado para o outro, como um gato carrega um rato pendurado à boca, sem ansiedade em acabar com sua presa. Não se esquece de algo assim. Explodiu minha vida sem nenhum esforço. Apenas por existir e ser ela mesma, mandou-me pelos ares. E, a despeito das circunstâncias em que surgiu, tentaram me convencer de que eu deveria amá-la.

Como amar alguém que entrou no meu mundo sem ser convidada e ainda me roubou tudo, ou quase tudo, considerando que eu não tinha muito? Como perdoar essa pessoa que levou até mesmo o que eu julgava impossível de me ser tirado?

Quando ela ainda não existia, ou melhor, quando eu ainda não sabia da existência dela, já vivíamos no prédio erguido sobre uma barreira. Mais além, estendia-se o mar. O apartamento, bem menor do que a casa, não acomodava metade das coisas que abarrotaram o caminhão de mudança. Desolada, minha mãe doou móveis antigos — alguns, herança de família — e tralhas de estimação. O melhor da nova morada era poder ir e voltar da escola caminhando e pedalar pela calçada que seguia até a praia. O mundo me parecia feito para longos passeios e a vida, um lugar por onde perambular sem hora para chegar.

Foi quando um fato mudou essa rotina.

A caminho da escola, avistei um grupo de pessoas que se amontoava na balaustrada da ponte. Curiosa, aproximei-me e, antes que pudesse perguntar a alguém o que estava acontecendo, enxerguei o corpo lá embaixo, às margens do rio, enganchado em arbustos. Em meio aos cabelos que cobriam parte do rosto, vi os olhos de estátua da moça e estremeci. Ela usava shorts e uma camiseta com rasgões à altura do peito esfolado. No antebraço esquerdo, um pássaro de bico comprido, talvez um beija-flor, empinava-se em um voo de asas azuis. Um policial, que descera até lá, olhava fixamente para a moça.

De repente, meu peito apertou-se, o ar meteu-se em algum sonho ruim, e as coisas se distanciaram até perder o foco, até eu ser engolida por uma grande sombra.

Quando retornei da vertigem, outro susto. Um monte de gente me rodeava, como se eu também estivesse morta. Alguém mandou que todos se afastassem e se debruçou sobre mim para perguntar meu nome e o telefone dos meus pais. Não me lembro se consegui informar. Acho que tornei a apagar, porque despertei na emergência de uma unidade médica, deitada na maca, com um cateter inserido em uma das veias do meu braço direito. Ao lado, uma enfermeira ou médica falava com minha mãe sobre ansiedade e eu respirava. Como um milagre, eu respirava.

Nos dias que se seguiram, recusei-me a ir à escola. Bastava me imaginar caminhando rente ao rio, atravessando a ponte, entrevendo a margem onde o corpo fora encontrado, para meu sangue se lançar em direção aos pés. Minha mãe prontificou-se a me levar, mas eu não me sentia capaz de deixar a cama e fazer o que todo mundo fazia cotidianamente, como tomar banho, escovar os dentes, sentar à mesa e se alimentar. Acreditava que me partiria em mil pedaços, se me pusesse de pé e me movesse. Era ela quem me conduzia ao banheiro, me banhava, me vestia e me ajeitava na cama outra vez, para eu então retornar ao sono compacto, sem sonhos.

Ao contrário de Eufrosine, que, no dia a dia, dava trabalho para se alimentar e só o fazia por insistência da minha mãe, que a ameaçava dizendo "Só levanta da mesa se comer tudo", eu devorava o que estivesse no prato e repetia, quando possível. Meu pai gracejava da minha fome, "de morador do Polígono das Secas". Mas agora me faltava disposição até mesmo para experimentar o que minha mãe se esmerava em preparar especialmente para mim. Regurgitava todo e qualquer alimento que era obrigada a ingerir. O sangue da morta manchava de encarnado o pão, o queijo e o leite do café da manhã, o purê e o bife acebolado do almoço. Pedaços da carne sem vida boiavam na sopa de legumes servida no jantar, e os olhos de pedra me espiavam de dentro do mingau de aveia ou da vitamina de banana com farinha láctea que, antes de deitar, minha mãe levava para mim à cama.

Aos poucos, fui me recuperando, mas, ainda incapaz de deixar o quarto, gastava longas horas do dia à janela, imóvel, olhando fixamente para o mar, nunca para o rio, que me sussurrava segredos; eu tapava os ouvidos, e ele continuava ecoando dentro da minha cabeça. O pensamento não despregava dos olhos empedrados da moça assassinada, para quem eu inventava família, amigos, sonhos e, com facilidade, imaginava um tom de voz e gestos, como o de arrumar os cabelos atrás das orelhas, e até mesmo um sorriso, aquele de quem ignora que a vida será interrompida logo mais.

Depois de algum tempo, minha mãe passou a suspeitar da honestidade daquela letargia. Sabia da minha ojeriza à escola, mas também sabia que eu aprendia muito mais, e com prazer, ao ler livros que meu pai me indicava. Eu detestava tudo que a escola e os professores representavam: autoridade, disciplina, censura. Detestava meus colegas ruidosos, insolentes, apaixonados por esportes. Desprezava-os. Desprezava a forma como as meninas se comportavam, a suavidade, o tolo espírito conciliatório, "Sim, professora", "Pois não, professora", "Perdoe-me, professora". E, mais tarde, na adolescência, repugnava-me a frivolidade delas, a exibição para chamar a atenção dos garotos, os gestos que eu pressentia estudados, com uma astúcia que faria inveja a certos personagens de Shakespeare.

Amava matemática. Confiava nela. O que existia de mais concreto do que a vida representada por números? A matemática era a verdade mais pura, a vida cartesiana, sem subjetividades. Mas fui enganada. Éramos um conjunto de cinco, meu pai, minha mãe, Eufrosine, Heitor e eu, e não mais do que de repente nos tornamos seis. Em sua perfeição, a matemática não explicava Thalie.

Por falar em perfeição, era em língua portuguesa que eu me mostrava especialmente capaz. As palavras arrumavam o mundo e o iluminavam, davam significado ao que não tinha significado e confeririam existência às coisas — no que eram em seu nome, não podiam deixar de ser. De vez em quando, porém não sem razão, eu me zangava e enchia as folhas dos testes com os indecifráveis rabiscos das sessões com a doutora Ana Augusta. Os professores sentiam-se provocados e desrespeitados e emparedavam-me: "O que é isso, Aglaia?", "Qual é o seu problema, menina?" Era preciso tirá-los do sério para que me enxergassem.

Acontecia, às vezes, de algum professor fazer uma indagação em sala de aula e pedir que quem soubesse a resposta levantasse a mão. A pirralhada gritava "Aglaia sabe, Aglaia sabe", e eu rosnava, desafiadoramente, e, na forra, "Sei, mas não digo". Acreditava que a indiferença dos professores e a visível aversão que alguns demonstravam por mim decorriam do fato de eu pesar quilos demais além do peso considerado *normal*. Não havia, como hoje, os discursos de aceitação das diferenças. Diferenças eram diferenças, e pior sorte tinha quem as carregasse. A cada vez que eu me determinava a emagrecer, minha mãe me levava ao consultório de mais um nutricionista. Depois de me medir, pesar, informar-se sobre minha alimentação, o profissional requisitava exames. Então chegava a hora da dieta, e eu esmorecia. Peixe com legumes me dava asco. Se fosse para comer folhas disfarçadas de salada, eu me embrenharia no mato e me colocaria de quatro. Uma maçã ou uma pera e mais um chá com duas bolachas de água era o lanche da minha avó no tempo em que estivera hospitalizada, e eu tinha que me contentar com aquilo?

Um dia, no meio de um desses regimes que me varavam de fome, passei mal quando voltava da escola. Eufrosine não estava comigo. O senhorzinho que me levou até uma farmácia e telefonou para minha mãe me perguntou o que eu comera àquela manhã; a fome bem estampada em meu rosto. Houve também o tempo em que, na contramão de todas as minhas inclinações e talentos, decidi ser atleta. Os atletas em minha escola, além de serem naturalmente magros, eram tratados como reis e rainhas. Sua Alteza Real Heitor Negromonte era admirável em basquete. Cheguei a assistir a uma final em que ele atuou "brilhantemente", sentenciou meu pai, como se entendesse de basquete. Foi durante os Jogos Escolares da Juventude, a família capitaneada por minha mãe, o ginásio iluminado, as arquibancadas tomadas de adolescentes aos berros. Na quadra, os heróis. Eu me perguntava o que havia ali de proeza, quando tudo que se fazia era correr atrás de uma bola, quarenta minutos para lá e para cá, com o único objetivo de tomá-la dos colegas e seguir adiante em dribles rodopiados, para, por fim, arremessá-la em um arco sobre uma cesta. O que se aprendia com aquilo? Quis perguntar a Heitor, mas acabei não o fazendo por receio de que me acusasse de despeito.

Obviamente, nunca alcancei esse nível. No meu primeiro treino a valer, eu deveria nadar cinquenta metros, mas desmaiei antes de entrar na água. Disseram-me que era preciso comer apenas um ovo cozido, e um ovo não me sustinha sobre as pernas até as nove horas da manhã. Talvez minha sina de menina gorda e lerda estivesse traçada nas estrelas. O fato é que nunca me empenhei um mindinho para me tornar magra ou atleta. O mínimo esforço físico me deixava com um mau humor intolerável. Além disso, enojava-me a sensação do suor grudando na pele, escorrendo devagar pelo couro cabeludo. Lembro-me de que minha mãe, para ter alguns instantes de paz, mandava-nos, a mim, Heitor e Eufrosine, brincar naquele arremedo de parque em frente à nossa casa. As crianças se divertiam em uma gangorra que arriava para um lado cada vez que subia, em um trepa-trepa com dois balanços laterais caindo aos pedaços, em uma caixa de areia de tom amarronzado, e em um escorregador de pintura descascada que lanhava as pernas dos garotos. Sentada em um banquinho, e a certa distância, eu assistia, entre incrédula e entojada, ao espetáculo de meninos e meninas correndo, subindo e descendo, gritando, suando e se emporcalhando de areia. Sem contar que, no mais das vezes, as brincadeiras degeneravam em pontapés, mordidas e beliscões.

Ao entrarmos em casa, sob o olhar perscrutador da minha mãe, Heitor e Eufrosine, que mais se assemelhavam a sobreviventes de uma batalha, com o rosto afogueado, os cabelos empapados de suor, os joelhos e a palma das mãos raladas, passavam direto para o chuveiro. Eu não escapava do interrogatório: "O que fez?", "Por que não brincou?", "Por que não gosta de estar com outras crianças?", por quê, por quê, por quê? Meu pai dizia: "Relaxa, Luísa, nossa filhota é uma menina contemplativa." Sentia-me secretamente orgulhosa de ser aquilo que meu pai dizia que eu era. Gastava horas observando o mundo ao meu redor, refletindo sobre as coisas e as pessoas que me chamavam a atenção, sobretudo sobre as pessoas. À noite, antes de dormir, escrevia minhas impressões no diário.

Relatava meu dia. O dia de uma menina comum, que ia à escola, explorava o mundo vadeando a pé ou de bicicleta, discutia com os irmãos, amava os pais, odiava os pais, morria de paixão pelo melhor amigo, lia romances, peças teatrais e poesia, fazia coleção de conchas e de pedras. Havia pouco o que contar, pelo menos até a chegada de Thalie, mas escrever era sempre uma forma de não deixar minha vida se desmanchar no ar. Também usava o diário para listar objetivos, ler tantos livros em um mês, emagrecer tantos quilos em um semestre, e para anotar, com uma pilot de cor vermelha, frases que eu pinçava dos livros e versos que tingiam o céu branco de uma página inteira, como estes, de Cecília Meireles:

Tudo é secreto e de remoto exemplo.
Todos ouvimos, longe, o apelo do Anjo
E todos somos pura flor de vento.

Em algum momento, minha avó Sarita me convenceu de que as pessoas não eram amadas por pesarem cinquenta, oitenta ou cem quilos, e sim por serem elas mesmas, gentis, generosas, tolerantes, solidárias. Não conseguia enxergar em mim nenhuma daquelas virtudes. Demian achava curioso que eu fosse falante e, ao mesmo tempo, reservada, e me via tímida, sonhadora, e algo mais que ele não sabia definir. Misteriosa, talvez. Um dia lhe perguntei se ser tímida, sonhadora e misteriosa seria, por acaso, um problema. Demian sorriu e disse: "Você é tão você mesma, Aglaia!", e essa afirmação bateu terna e profundamente dentro de mim. Minha mãe me achava voluntariosa e atrevida além da conta. As queixas vinham da escola. Alguns professores se exasperavam cada vez que eu lhes fazia perguntas para as quais não tinham respostas conclusivas. Questionava de forma insistente e petulante apenas os que não faziam nenhum esforço em disfarçar o que sentiam por mim. Não me importava que me mandassem para a coordenação e, em seguida, para a diretoria, onde não havia o que fazer, a não ser olhar para o céu por trás da vidraça da janela, chovesse ou fizesse sol, enquanto aguardava minha mãe chegar. A diretora, uma senhorinha muito amável, alvo de chacota da meninada por andar nas pontas dos pés e arrumar os cabelos em formato de bolo no alto da cabeça, penteado usado por mulheres em um passado remoto, trabalhava em sua mesa sem reparar em mim, como se eu fizesse parte do ambiente, como se eu fosse uma peça ornamental.

Como era fácil sonhar! Imaginava-me um vaso chinês, e bastava fechar os olhos para sentir a delicadeza das mãos que me moldavam a argila branca da carne, o calor do forno me aquecendo as entranhas, o toque suave do pincel de pelo de camelo na porcelana translúcida da minha pele, cenas da vida de um mandarim de alguma remota dinastia incrustadas em meu corpo. Podia incorporar um tapete turco, e lá estava eu, bicho-da-seda no casulo, balançando-me na amoreira, e depois metros de mim sendo desfiados em água quente. Tinha a sensação de que mãos me urdiam, ou de que eu escorregava no tear, e que, ao final, penteada, puxada, torcida, já não era mais eu, e sim parte de uma trama de incontáveis fios, seda, lã e algodão, uma história contada em variadas cores e cenários.

Quando eu cursava o sexto ano, um dos professores enredou à diretora que eu conhecia de cor textos impróprios para minha idade. Ignorante de que as tramas sinistras das tragédias shakespearianas faziam parte do meu dia a dia — traição, mentira, vaidade, ciúme, inveja, ambição, ódio, vingança, bruxaria e muita, muita loucura — e de que, para meu pai, não existia idade para ler Shakespeare, ela o convocou para uma reunião.

Daquela vez, mais uma em que minha mãe deveria comparecer sozinha à direção da escola, já que meu pai se recusava terminantemente a acompanhá-la, ela alegou um compromisso de trabalho improrrogável. Desconfiei logo que estivesse mentindo para escapar de mais uma sessão de reclamações. A diretora obstinou-se, telefonou, falou em assunto relevante, e meu pai se viu obrigado a abandonar o casulo. Justo ele, que se negava a aparecer em reunião de pais e em qualquer tipo de confraternização na escola, ainda que a confraternização tivesse a finalidade de homenagear os pais em seu dia.

Na véspera do encontro com a diretora, sondou-me: "Andou matando aula, Aglaia? Deixou a prova em branco novamente? Negou-se outra vez a apresentar algum trabalho? Bateu boca com alguém? Quem você insultou agora?" Até aquele momento, eu sinceramente desconhecia o motivo que levara a diretora a intimá-lo. A única certeza que eu tinha era a de que seria acusada de alguma conduta imprópria e inaceitável.

Acredito que meu pai, com seu charme de príncipe dinamarquês e sorriso de mouro veneziano, tenha conquistado a diretora — agora me recordo, tinha nome de flor, dona Violeta, ou Açucena, ou Margarida.

Depois de encontrá-lo, ela me largou de mão. Meu pai deve ter-lhe dito, Deus sabe depois de quantos trejeitos e versos declamados, que eu não somente lia Shakespeare como tinha o hábito de ouvi-lo passar e repassar as falas dos personagens que encarnaria no palco.

Após o desmaio na ponte, prostrada em minha cama, eu não me lembrava de algum dia ter sido estudante. A escola me parecia tão distante quanto outro mundo, e minha mãe enganava-se ao imaginar que eu blefava para não retornar às aulas. Minha incapacidade era real. As ameaças de castigo não surtiram efeito, e até mesmo a autoridade do meu pai revelou-se inútil. Vieram, então, os longos monólogos sobre adolescência, flutuação de humor, insegurança, ansiedade, uma litania que acabava se misturando ao zumbido da casa e que eu escutava alheada, como se nenhuma daquelas palavras me dissesse respeito.

Exaurida, minha mãe sentenciou que aquilo era nada mais nada menos que tristeza, tristeza pura, o que não era normal em uma criança, a não ser que os hormônios, os vilões da puberdade — e nesses momentos revirava os olhos —, já estivessem em ebulição.

A puberdade exibia-se em meu corpo, o corpo que eu odiava e procurava camuflar, achatando sob tops justíssimos os calombos de bicos pontudos que me machucavam ao roçar a malha das camisetas, usando calças jeans para tapar os pelos das pernas e camisetas de mangas para encobrir os das axilas, que para meu desespero recendiam a cebola podre. Cada vez que ia me trocar ou tomar banho, o que eu fazia pelo menos cinco vezes ao dia, passava a chave na porta do banheiro, e nem Eufrosine tinha permissão para entrar, porque também me cresciam pelos no púbis, e esses eram os mais humilhantes.

Indagava à minha mãe o que havia de anormal no fato de as pessoas, independentemente de idade, ficarem tristes de vez em quando, e ela gritava, exasperada, "Mas você só tem dez anos de idade, Aglaia!" Bem lá no fundo eu sabia que aquela estranheza sem nome era algo mais complexo que tristeza. E me recordo agora de fatos bizarros que ocorreram antes do desmaio, muito antes que meus mamilos inchassem e a leve penugem que me cobria o púbis começasse a se espessar e a escurecer.

Costumava ajudá-la com as compras em suas idas ao supermercado. Eu amava os supermercados, as gôndolas repletas de produtos, as embalagens coloridas de chocolates, biscoitos, massas, sucos e achocolatados, os cheiros de plástico, frutas, verduras, café e pão fresco. Eu a seguia, arrumando no carrinho o que ela ia sacando das prateleiras. De repente, meu olhar pousava em algum objeto ou em alguém, como uma peça de carne exposta no balcão do açougue, o rosto da moça que servia cafezinho ou o logotipo de uma empresa nas costas da camisa do cara que arrumava produtos na gôndola, e, em um segundo, nada mais à minha volta existia. Nem eu mesma. Em um segundo, eu me via engolfada na imagem, fundida com ela, arrebatada para outra dimensão. Uma dimensão obscura. Ao mesmo tempo que me via refém daquele estado surreal, sentia também uma intensificação da visão, como se meus olhos projetassem sobre a imagem um poderoso facho de luz. E, ao conseguir despregar dali, voltar à superfície, tornar a mim, invadiam-me um enorme cansaço e um desejo incontrolável de chorar.

Se era para eu me esforçar em ser feliz, eu me esforçava. Estou certa disso. Ao menos por certo tempo. Ocorre que felicidade não era algo de se ter por esforço; o esforço, em si, já afastava a possibilidade do sentimento.

Meu pai achava tudo aquilo um exagero da minha mãe. Via-me tão somente como uma menina inconformista e questionadora, uma pequena filósofa, e apostava como eu sabia cuidar de mim mesma muito bem. Minha mãe franzia a testa e balançava a cabeça. Cética quanto àquela autossuficiência que ele enxergava em mim, buscou ajuda profissional.

Aos dez anos e alguns meses comecei a frequentar o consultório da doutora Ana Augusta. Saí de nossa primeira sessão cismada com seus sapatos altíssimos e de cor berrante, incompatíveis com alguém que se dispunha a tratar de pessoas doentes, mas não me lembro do que lhe falei. Quem me vê hoje não desconfia de que fui uma menina loquaz, sempre pronta a dizer algo sobre tudo e qualquer coisa. As pessoas se encantavam com minha destreza vocabular. Em sala de aula, os colegas se impacientavam com minhas falas caudalosas e os professores eram obrigados a pedir que eu me calasse — calar foi um processo gradativo, no qual as medicações, acredito, tiveram um papel de peso: os psicotrópicos e sedativos, estou certa disso, acabaram por me entupir de silêncio. Entorpecidas e sem esperança, aos poucos as palavras encolheram dentro de mim. Minha fala tornou-se arrastada, vacilante, tal a de uma velha que luta para não perder totalmente a memória.

Ao ser informado por minha mãe de que a doutora Ana Augusta diagnosticara em mim uma crise de pânico e um transtorno de ansiedade que mereciam tratamento, meu pai soltou um "Pfff!" que podia significar qualquer coisa, menos segurança no que ele considerava pura charlatanice. Minha mãe, visivelmente aborrecida, disse não compreender como um conhecedor de filosofia e literatura era capaz de desdenhar da psicanálise.

É provável que nessa época a Coisa já engatinhasse dentro de mim. Lembro-me de alguns episódios, mas não sei precisar quando começaram. Às vezes, sentia a dureza das suas asas espetando-me as costelas, o peso da sua cabeça pontuda esmagando-me os pulmões. Puxava o ar e uns pios agudos me esfolavam o peito. Debatia-me como um peixe fora da água, e me debateria até a morte, se não aparecesse alguém para me salvar.

Passei a frequentar o consultório da doutora Ana Augusta uma vez por semana e, por sua determinação, a ingerir umas pilulazinhas junto com o café da manhã. Também me compraram uma bomba inaladora para asma. Assim a Coisa se aquietou a ponto de eu pensar que ela não existia mais. Uma fingidora.

A princípio, tudo o que eu fazia no consultório da doutora Ana Augusta era desenhar — até hoje não sou capaz de desenhar com alguma beleza uma casa de porta e janela. Por insistência dela, e a muito custo, rabiscava o que seriam bosques, montanhas, cidades, mares, rios, animais, e, para fazê-la compreender o que significavam aquelas garatujas, contava-lhe umas histórias mirabolantes — essa era a minha especialidade —, enquanto ela fazia anotações em papéis fixados a uma prancheta.

Um dia cansou-se de ouvir meus desenhos, e as horas passadas em seu consultório transformaram-se em sessões de tortura. Fazia-me perguntas e eu, entalada de desconfiança, sem saber o que lhe dar como resposta, mentia só para que me deixasse em paz. Nunca me faltou talento para isso, perdi a conta das histórias que fui obrigada a criar. Não satisfeita, doutora Ana Augusta interrogava-me sobre os sonhos. O fato é que eu só tinha lembrança dos pesadelos, mas não me dispunha a dividir com ela o pavor das flores descomunais que se abriam em bocarras para me engolir, dos vazios repentinos sob os pés, da mulher com um bebê nos braços, plantada ao pé da minha cama com buracos negros no lugar dos olhos, do velho barbudo e esquálido, de olhar suplicante, sentado no parapeito da janela.

Sentindo-me acuada, passei a inventar sonhos. Misturava as histórias lidas com as imaginadas, e tudo fluía bem. Como era fácil contar que um elefante de ventre extraordinariamente largo abrigava um parque de diversões, e lá estava eu sentada na roda-gigante que subia e descia ininterruptamente, sem ninguém para fazer a geringonça parar, e embora eu gritasse pedindo socorro, ninguém surgia para me arrancar dali. Às vezes era divertido. Às vezes eu quase chegava a acreditar naqueles falsos sonhos, que me atravessavam a mente como centelhas, se avolumavam e se dispersavam dentro da minha cabeça como nuvens no céu.

Creio que a doutora Ana Augusta confiava que fossem verdadeiros. Ouvia-me com expressão alerta, balançava a cabeça e tomava notas. Eu me alegrava em iludi-la, como se aquilo fosse um jogo que tivesse como objetivo principal a descoberta da Coisa, de forma que eu ia me saindo vencedora à medida que ela não atinava com a sua existência.

cinco

Caminho por um espaço no meio do nada, um descampado que se estende a perder de vista. De repente o terreno começa a rachar sob meus pés e a se erguer e a afundar, como se um animal bravio lutasse embaixo da terra, debatendo-se contra as barras de ferro de uma jaula; subo, tento me equilibrar sobre a corcova trêmula, desço no dorso da fera, torno a subir, e o terreno passa a ceder e a se esfarelar, e eu piso o nada e caio, caio, caio.

Acordo com meu próprio grito e me vejo deitada no leito alto, com grades nas laterais, um cateter metido na veia.

Então, eu me lembro de como vim parar aqui. Estremeço.

seis

Passados vinte e sete anos, recordo-me com clareza de quase tudo que a chegada de Thalie provocou, ao que ela me conduziu. Da manhã cheia de calor em que a moça do consulado francês telefonou para nossa casa — era sábado, sei disso porque não fomos à escola e Heitor saíra para o treino de basquete — ao dia em que cambaleei para dentro do mais puro horror, pouco ou quase nada me falta à lembrança.

Estava no quarto, estudando desde cedo para uma prova de História, quando o telefone começou a tocar insistentemente. Resisti abandonar o Império Napoleônico, gritei por Eufrosine, ela não me respondeu. Por fim, fui atender. O toque já me desconcentrara, além do mais, poderia ser minha mãe querendo saber se estávamos bem, se ninguém atendesse, ela se aborreceria, e estaria armada a confusão.

A moça perguntou por meu pai e anunciou que alguém, de nome tão estranho que não dava para saber se era homem ou mulher, e de quem eu nunca ouvira falar, falecera. Expliquei que ele estava em viagem, gravando umas cenas do seu novo filme, e informei o número do telefone do hotel onde poderia ser encontrado. Algum tempo depois, nos meus mais ingênuos delírios sobre o que eu poderia ter feito para evitar o inevitável, cheguei a imaginar que, se eu simplesmente tivesse informado que Heleno Negromonte não morava mais ali e ninguém da casa conhecia seu paradeiro, talvez nunca o tivessem encontrado, não saberíamos de Thalie e toda a história teria sido outra, e não esta que agora conto aqui.

É possível saber o que ainda não se sabe? Pois naquele mesmo instante soube que algo ruim envolvendo meu pai estava por acontecer. Pior, já acontecera. Minha avó Sarita vivia dizendo que não deveríamos desprezar nenhuma das nossas intuições, que sabíamos mais do que suspeitávamos.

Localizado no número que eu informara, meu pai largou a gravação e voltou de Praia Azul na manhã seguinte ao telefonema. Mal entrou em casa, chamou-nos e nos mandou sentar em torno da mesa. Arriou na cadeira da ponta, os cantos da boca caídos, as duas rugas entre as sobrancelhas mais cavadas do que nunca. Por uns instantes permaneceu calado, de cabeça baixa, amassando as mãos.

Depois de um segundo eterno, em que fui tomada pela sensação de que meu coração iria se estatelar ao chão, meu pai ajeitou as costas na cadeira, pigarreou e começou a falar. Gaguejava, ia para a frente e para trás sem encontrar as palavras, sem chegar a lugar nenhum. Eu só queria saber onde fora parar o pai firme, eloquente e persuasivo, capaz de convencer um homem de que era um animal.

Minha mãe, de olhos fechados, murmurava: "Calma, Heleno, calma."

Aos poucos, e ainda aos tropeços, arrumou um jeito de contar o que nos escondera por tantos anos. Falava baixo, em um tom que não era dele, como se o assunto continuasse sendo um segredo e pessoas escondidas atrás das portas pudessem ouvi-lo. De vez em quando, fazia pausas para limpar a garganta, não sei de quê. Os olhos escorregavam do chão ao teto e do teto ao chão, demoravam-se em um pedaço de céu enquadrado na janela aberta e, ao dar com os nossos, voltavam a perambular pelas paredes.

A despeito de aquele ser seu palco doméstico e nós, sua mais cativa plateia, pela primeira vez meu pai improvisava e se saía mal. Pela primeira vez, seus recursos dramáticos não o socorriam.

Heitor, de cabeça baixa, não desgrudava os olhos do tampo da mesa, Eufrosine retorcia-se como se estivesse sentada na boca de um formigueiro, minha mãe mordia os lábios e não parava de enrolar porções de cabelo nas pontas dos dedos. Eu sufocava com a fedentina que tomava o reino dos Negromonte.

As palavras me davam pontapés no peito, e eu me perguntava em que momento minha mãe iria perder aquele falso autocontrole, erguer-se, começar a gritar desvairadamente, jogar o que estivesse sobre a mesa contra a parede, avançar sobre meu pai e lhe cair por cima, praguejando: "Maldito, maldito, maldito!"

Para minha estupefação, ela se mostrava inteiramente concentrada naquela ocupação com as mechas, como se meu pai estivesse a discorrer sobre um novo projeto teatral, não sobre alguém que, malgrado não conhecêssemos e nunca antes tivéssemos ouvido falar, faria parte da família a partir do dia seguinte. O que havia ali? De que sortilégios ele se valera para mantê-la aprisionada naquele aparente alheamento?

Uma mão invisível apertou-me o pescoço, e o ar começou a brincar de pique. No peito, dilatou-se um chiado agudo, como se alguém agonizasse dentro de mim. De um salto, derrubei a cadeira onde estava sentada e deixei a sala correndo. Minha mãe disse: "Volte aqui, Aglaia, seu pai ainda está falando!" Fiz de conta que não era comigo e segui em frente, determinada a encontrar longe dali a última porção de ar que houvesse no universo. Então, ele estragava tudo e ela bancava a esposa compreensiva e generosa? Divertira-se sozinho e às suas costas, sabe-se lá por quanto tempo, e agora ela o ouvia sem lhe atirar um único prato, sem lhe rasgar a camisa, sem uma palavra de revolta, sem nada?

Ah! Como era grande meu pai! Era tanto que a própria mulher o abonava pela existência da outra.

No quarto, tranquei-me e me agarrei à bomba inaladora. Apostei que minha mãe mandaria Eufrosine ou Heitor me chamar, mas ninguém apareceu. Só mais tarde abri a porta para Eufrosine, que teimava em saber o que não sabíamos ao certo, o que apenas suspeitávamos. "Como foi isso, hein, Aglaia?" Eu apenas balançava a cabeça, negando. Como iluminar as partes escuras de uma história que não era minha, que não era nossa, da qual nós todos fôramos radicalmente excluídos? Que ela buscasse o dono das respostas. Quem mais poderia amarrar as pontas soltas daquela história? Com a palavra, o Super-Heleno.

Lá pelas tantas, quando eu remoía a trapalhada em que meu pai nos metera e Eufrosine ainda me amolava com as mesmas perguntas, minha mãe abriu a porta, acendeu a luz, sentou-se na beira da minha cama e acabou de montar o quebra-cabeça com as peças que faltavam, inteirando a história que ele contara aos pedaços, como se a história pertencesse a ela, como se não tivesse sido ele a acender a fogueira e a nos empurrar para as chamas.

Mal podia crer que aquela mulher, que nos contava sobre outra mulher no passado não tão distante do meu pai, fosse de fato minha mãe. O que fizera com ela mesma? Trocara por Coca-Cola o sangue que lhe corria nas veias?

As palavras me socavam e me socavam e me socavam.

Enfiei a cabeça embaixo do travesseiro, segurei as pontas sobre as orelhas e comecei a cantarolar. Minha mãe continuou falando, sem que eu pudesse evitar ouvi-la dizer que com a boa vontade e o empenho da família tudo iria ficar bem novamente. Definitivamente, eu não sabia mesmo quando as coisas ali tinham andado bem. Quem saberia? Quem saberia onde ela metera os olhos e os ouvidos, durante o tempo em que a infâmia toda se desenrolava debaixo do seu nariz? Porque eu não tinha dúvida de que estivera bem próxima, o que tornava o fato mais dramático, considerando a dissimulação e a artimanha de que meu pai se valera para traí-la. Quem mais, senão ela, o acompanhava em fechamento de contratos, excursões de filmagens, ensaios, reuniões, *avant-premières*, turnês, e licenciava-se do trabalho, largava a casa e os filhos, tudo para não deixá-lo sozinho, para ir com ele até o fim do mundo, onde quer que fosse o fim do mundo?

Durante essas ausências, ficávamos sob a guarda da minha avó Sarita, que por essa época ainda não voltara a morar em *Saudade*; bastava atravessar a cidade, quinze quilômetros no sentido sul, para estar em sua casa. A despeito dos seus cuidados e carinhos, foi precisamente nesse período que principiaram os episódios de compulsão alimentar seguida de vômitos, um transtorno que me agrediu parte da infância, toda a adolescência e um pedaço considerável da vida adulta, e ainda deixou como herança maldita uma gastrite, que me persegue até hoje.

Absorta em trágicas e secretas fantasias de que meu pai e minha mãe, por vontade própria, não retornariam para casa ou morreriam em um acidente de carro ou avião, eu comia desvairadamente. Cada biscoito, fatia de bolo, tablete de doce ou chocolate era uma porção de terror que eu regurgitava em seguida, o dedo metido no fundo da boca, o rosto apoiado na borda de algum vaso sanitário.

As histórias de orfandade narradas em livros e nas telas de cinema me abatiam mais do que quaisquer outras desgraças. Até hoje, quando ouço a voz de Aileen Quinn cantando "Tomorrow" ou "Maybe", as lágrimas me sobem aos olhos. A vida de um órfão era provavelmente o mais pesado dos fardos, e parecia óbvio que, se Dorothy Gale pudesse escolher entre a imensidão de aventuras e o mundo restrito onde um dia vivera, não digo com a tia, mas com os pais, ela ficaria com a segunda opção, assim como Jane Eyre, Tom Sawyer, Oliver Twist e David Copperfield.

Meu tormento não seria menor se eu soubesse naquela época o que sei agora: não obstante os padecimentos, os órfãos têm o que falta aos filhos com pais, a liberdade para ganhar o mundo e se elevar acima do próprio desamparo.

Lembro-me de uma turnê que se prolongou por meses. Meu pai dirigiu essa peça e também atuou nela como um dos personagens centrais. Baseada em um conto de Guimarães Rosa que ele próprio adaptou, rendeu-lhe vários prêmios e grande prestígio — datam desse período suas aparições pontuais em novelas de TV. Lembro-me particularmente de, no retorno deles, rejeitar os braços da minha mãe, virar-lhe o rosto e ir chorar atrás de uma porta por um tempo que me pareceu infinito, sem que ninguém conseguisse me desprender de lá, certeira que eu era nos pontapés.

Minha avó Sarita me cobria de atenção especial. Isso provocava o justificado ciúme de Heitor e Eufrosine, que me acusavam de ser, dentre os três, a mais querida, a mais paparicada. Estavam certos. O amor da minha avó Sarita era, de longe, o melhor lugar do mundo, onde eu me sentia terna, complacente e incondicionalmente acolhida. O único lugar seguro do mundo.

Declarava com voz manhosa que eu era seu primor, sentava-me em suas pernas e me dava um milhão de beijos estalados. Eu bem sabia que primor passava longe da garota redonda com menos de um metro e meio de altura — de lá para cá não cresci muito —, com rosto de bolacha coberto de pontos pretos e amarelos e cabelos tão furiosos que se eu os soltasse poderiam me engolir. Cheguei a supor que fora adotada. Custava-me crer que eu era filha daquela mãe de traços à Isabelle Adjani, daquele pai de olhos azuis e porte de deus romano. Não herdara uma pinta da minha tia Clara, que, apesar de morta, mantinha a beleza eternizada nas fotografias que cobriam as paredes e enfeitavam as mesas de centro e aparadores da casa da minha avó; não me fora transmitido um grama da sua natural elegância. Que antepassado me legara aquela marca de nascença, uma ferradura amarronzada do tamanho de uma castanha-de-caju, próxima ao pulso esquerdo, que eu procurava ocultar, mantendo o braço estendido ao longo do corpo? Em que código genético eu fora apanhar as sobrancelhas de embuás? A miopia me obrigava a ver o mundo através de lentes, e, conforme o estado delas, ele poderia ser turvo, obscuro, impreciso.

Ah! Como me esquecer do tio Hermano? A cada vez que eu o encontrava, o que só acontecia uma vez por ano, quando vinha de Lisboa visitar a mãe, surpreendia-me com o que ele exibia sem nenhum pudor, a barriga saltada, as bochechas, as dobras e a papada dupla que se sacudiam gelatinosamente quando ria. Com horror, eu espreitava aquela abundância de carne frouxa, temerosa de que um dia pudesse estar tão deformada quanto ele.

Ignorante do ser que me habitava, minha avó teimava que eu tinha uma beleza toda minha, e, entre tantas garotas magrelas, de cabelos lisos e longos, eu me distinguia com meus cachos castanhos, e que minha boca, de lábios carnudos, era forte, marcante, e meus olhos, os mais penetrantes que ela já conhecera. Por último, acrescentava que, para se descobrir a pérola das pérolas, era preciso um olhar amoroso, capaz de romper a concha. Para que tanta poesia? Se a concha se rompesse, o olhar trombaria com a Coisa, que, toda feita de asas, penas e bico, não sabia voar em alturas nem cantar o mais breve pipilo, e rastejava como uma serpente, e me socava o peito com cascos de bicho bruto.

Uma imagem daquela seria agradável aos olhos de quem?

Durante os anos em que esteve ao nosso lado, minha avó tentou inutilmente me fazer acreditar que sou especial. De certa forma, sou. Especial na medida do insólito. É certo que não tenho nenhuma anomalia aparente. Porém, não me passa despercebida a maneira como as pessoas se embaraçam ao dar de cara comigo nos elevadores, nos supermercados, nas farmácias, nos consultórios médicos. Endireito as costas e as encaro como se lhes dissesse: "E aí, qual é o problema, nunca viram um fantasma vagando pelas ruas à luz do dia?"

Verdade que não era diferente nos tempos da escola, quando as crianças me demonstravam de forma inequívoca seu desagrado. Olhavam-me da mesma forma que olhavam o menino de lábio leporino, o coordenador que sofria de vitiligo, a garota que tinha lesões de hemangioma no rosto. As crianças colocavam sobre mim uma atenção suspeita, e os professores toleravam-me. De modo algum era bem-vinda nos trabalhos de grupo nem recebia convites para festinhas de aniversário ou para estudar em casa de colegas, uma segregação que se tornou tolerável com a chegada de Demian em minha vida.

Muito cedo, a escola me ensinou que o mundo pertence aos que atacavam ou pelo menos se moviam em defesa própria. Foi na escola que aprendi as leis básicas de sobrevivência. Muitos de nós, antissociais — hoje somos chamados de *nerds* —, vivíamos sob constantes intimidações. Às vezes, a crueldade dos garotos exacerbava-se em ameaças físicas. Além de zoarem com os menores, roubarem seus lanches, livros, cadernos e mesadas, alguns chegavam a empurrar, apertar, beliscar, provocar quedas, quando não partiam para os bofetes.

Davam-me muitos apelidos. Havia os mais suaves, como Aglordaia, e os cruéis, como Saco de Batatas, Pudim de Banha, Bolo Fofo, Rolha de Poço. Nos intervalos das aulas ou a caminho de casa, sempre havia um metido a engraçadinho que puxava o coro. Um dia, eu ainda estava plantada na calçada da escola, esperando por Eufrosine, porque Heitor quase sempre tinha treino e voltava para casa mais tarde, quando um dos garotos gritou: "Aglaiaaaaaaaa, Baleiafante!", no que os outros o acompanharam: "Aglaiaaaaaaaa, Baleiafante!" Aquele era meu mais novo apelido; levei só um segundo para imaginar o monstro que seria a mistura de uma baleia com um elefante.

Olhei em torno e, por sorte, a pedra pontuda estava bem ao meu lado, no vão entre o meio-fio e o calçamento da rua. Apanhei-a, mirei o alvo, abaixei-me um pouco para imprimir força ao braço e fiz a pedra voar. O garoto caiu duro, e por alguns minutos pensei que o matara. Era da classe de Eufrosine, portanto, uns dois anos mais novo do que eu, um tipo nojento que andava com os cantos da boca sempre brancos de saliva.

Naquele instante, com todos os olhos grudados no garoto desacorda-do, estendido na calçada, o sangue lhe escorrendo do focinho arreben-tado, ninguém punha a menor atenção em mim. Alguém correu para avisar à direção da escola, e eu supus que logo mais os pais chegariam, o que felizmente não aconteceu, porque, de súbito, o menino voltou a si. Visivelmente aturdido, sentou-se e esfregou a testa. Em seguida olhou demoradamente para a mão ensanguentada, como se a mão não fosse sua, e erguendo-se, ainda meio trôpego, encarou-me. Pensei que vinha com tudo para cima de mim, e me preparei para cair no mundo, mesmo consciente de que tanto me faltavam pernas quanto fôlego, e que em cem metros, talvez menos, ele e os outros cairiam sobre mim sem piedade.

Todavia, para o espanto de todos, inclusive, e principalmente, o meu, o garoto baixou a cabeça e se afastou, seguido pelos outros. Sozinha, sorri triunfante, e por pouco não explodi em um daqueles urros de vencedor.

A notícia logo se espalhou e, antes do anoitecer, aportou em minha casa. Furiosa, minha mãe me chamou de barbarazinha e intimou meu pai. A contragosto, ele deixou a cafua para me repreender. Na verdade, para endossar o discurso moralizante da minha mãe, que começou falando em boa educação, equilíbrio e autocontrole, depois me acusou de não ter espírito esportivo e me pressionou a admitir minha estupidez, minha incivilidade. Será que não dava para eu ser menos intratável? Meu Deus! E por acaso compreendiam a brutalidade do que eles supunham ter sido uma brincadeira?

Ao final, perguntaram-me o que a senhorita Aglaia tinha a dizer em seu favor. Eu, que detestava que me chamassem assim, em vez de fazer minha defesa disse em tom de desafio: "Bem feito, ele fez por merecer, quem mandou ser cruel?"

Um mês inteiro sem a parca mesada e sem botar os pés fora de casa, com exceção das idas à escola, às aulas de francês e ao consultório da doutora Ana Augusta. Proibiram-me as leituras e me cortaram o acesso à cozinha. Comida, só na hora das refeições, sem direito à sobremesa. E que eu me desse por satisfeita, poderia ser pior. O que poderia ser pior?

Fizeram-me ir até o garoto apedrejado, pedir-lhe desculpas pelos meus maus modos. Maus modos? Será que ninguém conseguia enxergar a injustiça que era me castigar e passar a mão na cabeça do moleque?

Ardendo de infelicidade e fúria contida, fui escoltada por minha mãe. Antes de apertar a campainha da casa, mandou que eu baixasse a tromba. Onde eu iria arranjar uma cara bonita para o palerma que me agredira?

Por fim, quando nos colocaram frente a frente, perguntei-lhe, com o melhor tom que consegui imprimir à minha voz, se ele me desculpava. O miserável não me deu uma palavra, sequer teve coragem de me encarar. Foi a mãe quem se adiantou e, mandando-o para o quarto, aceitou minhas desculpas.

Mais tarde, cada vez que nos cruzávamos, ele desviava o olhar e se escafedia rapidamente, estúpido e molenga. A cicatriz deve estar lá até hoje, aquela mancha esbranquiçada, mais ou menos grande, acima da sobrancelha esquerda.

Quando contaram à minha avó Sarita o que eu aprontara, ela tentou ficar séria, mas bastou nossos olhos se encontrarem para afrouxar em um riso destampado. Minha mãe a censurou, assim ela iria acabar me estragando — como o amor seria capaz de estragar alguém? Uma única vez minha avó se zangou seriamente comigo. Uma única vez eu a fiz sofrer, ao lhe tirar, de maneira monstruosa, algo que ela amava. Ainda assim perdoou-me. Minha mãe costumava dizer que em muito eu puxara à vovó. Um dia, eu a ouvi dizer a meu pai que a sogra lhe parecia uma criatura detestavelmente melindrosa. Melindrosa, para mim, era tão somente uma fantasia carnavalesca. O dicionário, porém, contou-me que, como adjetivo, melindroso tinha, entre outros significados, aquele que poderia se destinar a mim e à minha avó, alguém sensível além da conta, que se ofende à toa. Em outras palavras, complicado, difícil. Não conseguia ver minha avó daquela forma, mas eu enxergava, escondida nas palavras da minha mãe, uma confusão de emoções e, bem no meio daquele turbilhão, o ciúme.

Nunca mais nenhum dos alunos se atreveu a me ridicularizar por conta do sobrepeso. Ou melhor, ainda houve um ou outro desavisado que debochasse do meu nome. Aglaia doía em meus ouvidos de menina. Musa, deusa? Pouco me importava a pompa olímpica associada ao nome. Aglaia soava como algo se rasgando. Aproveitava os momentos à mesa de refeições para manifestar minha inconformação; deveria ser permitido a qualquer pessoa minimamente lúcida trocar o nome escolhido pelos pais, afinal de contas, não existia nada mais próprio que alguém pudesse carregar do nascimento à morte.

Julgando que minha resistência se devia unicamente à perseguição promovida pelos colegas, meu pai dispôs-se a dar uma aula de mitologia para a classe, com expressiva aprovação da professora de História, mais uma de suas admiradoras.

Começou pela *Odisseia* de Homero e a Biblioteca de Alexandria, sem que eu percebesse qual o caminho que tomaria para chegar às Graças. Mais adiante a classe inteirou-se das noites amorosas de Zeus e Eurínome e das três filhas nascidas na Trácia, as belas Cárites, cuja exuberância emanava da natureza. Amantes da música e da poesia, alegravam os banquetes do Olimpo, entoando canções e dançando ao som de liras, enquanto os deuses se acabavam no vinho.

Para ilustrar a aula, meu pai levou livros de arte com imagens das incontáveis representações das deusas ao longo dos tempos. Com um livro aberto à frente do peito, ia exibindo as Graças entre as fileiras de carteiras. Primeiro, as suas favoritas, as de Botticelli. Eu preferia as de Rafael Sânzio — pela leveza na forma como se tocam e seguram as maçãs, como se em vez de braços e mãos fossem adornadas com asas, uma delicadeza que eu não percebia nas demais. Não à toa, uma delas, a do meio, está de costas, olhando para algo que as outras duas não conseguem enxergar; por certo, aquela seria Aglaia.

Como as figuras provocaram risos, sussurros e uma súbita desatenção, meu pai teve que dar outra aula sobre a importância do nu nas artes plásticas, e discorreu ainda sobre a busca da beleza, sobre o nu idealizado e o nu realista, e sobre harmonia e ideia de proporção. Logo já estava no *Homem vitruviano* e se espalhou ao falar em Leonardo da Vinci, Michelangelo e Botticelli, em um derramamento de palavras e imagens, que só a custo teve fim, com a professora obrigada a interrompê-lo por conta da hora. Nesse instante, os colegas, esquecidos de que ele era meu pai, ergueram-se espontaneamente para aplaudi-lo.

As coisas nunca davam errado para meu pai. A chegada de Thalie, contudo, deu errado, não só para ele como para todos nós. Foi o que pensei no momento em que tomei conhecimento da sua existência. De um jeito ou de outro, para o bem ou para o mal, nada voltou a ser como antes. A começar pelo filme que meu pai estava fazendo e não foi adiante. Rompeu com o diretor, que não compreendeu a necessidade de um ator, não um qualquer, mas o principal, voltar para casa no meio das gravações e interrompê-las por tempo indeterminado.

Se Thalie não houvesse aparecido, meu pai teria feito o protagonista, um cara atormentado com a perda da mulher, afogada no mar de Praia Azul. Para a grana que ele embolsaria por essa atuação, minha mãe fizera mil planos, o primeiro deles, pagar aos credores, depois mandar arrumar o carro que estava caindo aos pedaços, pintar o apartamento, comprar-nos roupas e sapatos e, quem sabe, se sobrasse algum, fazer uma pequena viagem para uma praia de dunas douradas, com café da manhã na cama e jantares à luz de velas — é óbvio que, nesse último plano, nós, os filhos, não estávamos incluídos.

Meu pai, porém, não pareceu minimamente afetado pelo fato de ter sido substituído por outro ator. Vangloriava-se de que lhe choviam convites, que podia escolher com quem trabalhar. Se tinha limitações como ator ou dramaturgo, não as reconhecia. Qualquer um que fizesse uma apreciação negativa do seu desempenho, que ousasse expor publicamente impressões sobre alguma atuação menos brilhante, mediana ou sofrível, sobre alguma impropriedade em uma de suas peças, era logo considerado ignorante, provinciano, maledicente, atormentado pela inveja.

Em algum tempo remoto meu pai foi o maior homem do mundo. Sua cabeça cheia de ouro roçava as estrelas, e escutá-lo equivalia a um exercício de abundância e fé. Não sei precisar em que momento comecei a duvidar da sua estatura e da sua palavra. De um dia para o outro, passei a me indagar se era natural dos artistas exagerarem a importância do próprio valor e se não haveria um equívoco no fato de ele escolher tão escrupulosamente com quem trabalhar. Não podia simplesmente tapar os olhos para sua presença em casa a qualquer hora do dia, enquanto minha mãe dava aulas. E, mesmo que ela soubesse, como ninguém, justificar o ócio do marido, afirmando que ele se ocupava com leituras, avaliação de roteiros para filmes, criação e adaptação de peças, eu alcançava o quanto lhe era custoso manter a casa e nos manter apenas com seu salário de professora.

Não o encontro mais, para o desalento da minha mãe, que se nega a aceitar minha decisão e indaga como uma filha pode estar tão firmemente distante do pai, e eu a faço ver que ele próprio não se importa com essa distância. Nos últimos anos, eu me vi obrigada a encontrá-lo em duas oportunidades. A primeira, por obstinação dela, em uma noite de Natal em sua casa. De cabelos prateados, fios brancos nas sobrancelhas, pelos arrepiados nos lóbulos das orelhas e olhos espremidos entre pálpebras flácidas e bolsas de gordura, meu pai fez de conta que me vira no dia anterior e se exibiu a mais não poder. A noite inteira conferenciou sobre a vida e a morte de Mandela, a guerra na Síria e o mensalão do Congresso com a prisão dos envolvidos, ao passo que Heitor, a mulher, Eufrosine e o marido entupiam-se de comida e bebida, minha mãe corria de um lado para o outro para servi-los e os filhos adolescentes de Heitor mantinham-se entretidos com o celular. Juntei-me às crianças de Eufrosine que assistiam a desenhos na TV, e logo após a ceia retirei-me para casa sob os protestos da minha mãe.

Levei três dias para conseguir voltar a dormir. Uma semana, para consertar o estômago.

Da última vez, fui vê-lo em um quarto de hospital. Pelo telefone, minha mãe ordenou-me: "Venha agora", e eu me perguntei se meu pai estaria morrendo. Não estava. Encontrei-o profundamente aborrecido por estar preso a um leito há mais de vinte e quatro horas. À exceção dos olhos, onde pairava um crepúsculo, meu pai, mais falante do que nunca, não aparentava absolutamente ser um sobrevivente de um recente infarto do miocárdio. Minha mãe ofereceu-me um chá e ligou a TV, que naquele instante apresentava uma reportagem sobre a próxima eleição presidencial. Os dois iniciaram uma discussão política superficial e patética. Ela afirmou que havia menos miséria no Brasil e, enfim, os pobres estavam vivendo de forma mais digna. Meu pai a chamou de idealista ingênua, declarou que ela não entendia nada de economia e que o país fora destruído pela falta de escrúpulos dos filhos da puta. Minha mãe o atacou dizendo que a esquerda fizera a diferença e ela não compreendia por que ele não queria enxergar os fatos e como, sendo um artista, podia se mostrar tão reacionário. Meu pai, erguendo a voz, rebateu: "De qual esquerda você está falando, Luísa? Não existe mais esquerda neste país; acorda, mulher!" E acrescentou, exaltando-se: "Essa esquerda champanhe-caviar não é esquerda porra nenhuma." Prosseguiu metralhando que a imoralidade e o cinismo estavam também em quem fazia as leis e em quem as aplicava, além de reinar na Universidade, na Igreja e na sociedade como um todo, "Tudo podre, podre".

Daí, partiram em direção ao Oriente Médio, completamente esquecidos da minha presença e do recente infarto, e minha mãe compadeceu-se do povo palestino, que, além de ter perdido as terras para os judeus, continuava sendo desumanamente massacrado por eles. Meu pai deu uma gargalhada de estrondar e disse: "Quanta ignorância!" Ela, em tom de desafio, perguntou: "E quem chegou primeiro, diga, quem estava lá quando os judeus apareceram?" Então atravessaram o Atlântico para se engalfinharem nos Estados Unidos, e meu pai a fez lembrar as Torres Gêmeas desabando sob o comando truculento e irracional dos árabes. Minha mãe voltou lá para a guerra do Vietnã, a contar quantos haviam morrido por culpa do governo norte-americano, e acabou indo mais atrás, a voz trêmula de indignação. E lamentou os mais de trezentos mil japoneses dizimados com as bombas atômicas lançadas a mando do senhor Harry Truman — quando criança, eu achava curioso que os americanos tivessem usado Little Boy e Fat Man para nomeá-las, nomes que estavam mais para artistas de circo do que para bombas assassinas —, um desastre que atingira toda a humanidade, que enlutara o mundo para sempre. Meu pai não se rendeu e afirmou que os soldados japoneses assassinaram vinte milhões de civis chineses com suas baionetinhas, "Sim, se não sabia, fique sabendo, vinte milhões, acha pouco?", inclusive crianças, além de estuprarem as mães, e foram os Estados Unidos os responsáveis pela reconstrução das cidades atingidas. Minha mãe debochou, "Ah, quanta generosidade! Ah, quanto consolo!", e seguiu repisando que a procissão de refugiados na Europa era fruto da sanha imperialista dos norte-americanos, suas forças de paz eram, na verdade, tropas de guerra. Meu pai a desmentiu, a discussão acalorou-se e se prolongou, rumo a não sei onde, sem que eu conseguisse me fazer ouvida, meus rogos de "Silêncio, gente!" e "Calma, pelo amor de Deus!" perdidos em meio a uma desaforada troca de provocações.

Antes que alguém da equipe médica viesse nos lembrar de que meu pai era um paciente recém-infartado e que estávamos em um hospital, deixei-os sem que percebessem minha ausência.

sete

Em meio a sussurros de médicos e enfermeiras, ouço dizer que foi um vigilante noturno do cemitério quem me encontrou e, ao depor na delegacia, afirmou que logo no início do turno ouviu um som esquisito vindo dos fundos da capela, uma espécie de vagido de recém-nascido. Por não acreditar que mortos pudessem agir como vivos, decidiu fazer uma ronda por entre os túmulos para descobrir, ao final, que o lamento vinha do lado de fora.

Não me lembro do momento em que os policiais chegaram nem de quando os paramédicos me tomaram nos braços, me deitaram na maca e me trouxeram para cá. Lembro-me da médica que me atendeu. Sei que era médica porque usava jaleco verde e tinha um estetoscópio pendurado no pescoço. Ela segurava minha mão e falava comigo em tom suave e persuasivo, apesar de eu não conseguir compreender o que me dizia. Eu abria e fechava a boca sem conseguir articular uma só palavra. Alguém próximo, outra mulher, que eu não conseguia ver, falou em hipotermia, e a médica, confirmando com um movimento de cabeça, virou-se para chamar outra pessoa. O teto acima da minha cabeça, branco com grandes manchas amarelas, oscilava como uma luminária pendente. Tossi, e minha boca se encheu de sangue. Quis me mexer, mas o corpo inteiro me doía, como se houvessem sapateado sobre mim, partindo-me os ossos em pedacinhos. Meus dentes não paravam quietos, e os joelhos batiam um no outro sem que eu fosse capaz de controlá-los. Parecia que eu engolira um bloco de gelo. Seriam meus aquele corpo frio e frouxo, aquele coração que estalava dentro do peito? De qualquer forma, podia fechar os olhos e seguir dormindo, desde que a médica não continuasse insistindo em saber meu nome. Tentei me lembrar de como as pessoas me chamavam, mas minha cabeça flutuava acima do corpo, como um balão perdido no espaço. Que importância podia ter meu nome? Eu só queria dormir para sempre.

Em algum momento uma enfermeira me aplicou uma injeção e eu pensei em lhe pedir um cobertor ou algo que me impedisse de morrer de frio ali mesmo e naquele instante, mas, antes que o fizesse, desabei na escuridão.

oito

Não fomos à escola na manhã em que Thalie chegou. Embora não fosse sábado, domingo nem feriado, tratava-se de uma data extraordinária; afinal de contas, não era todo dia que surgia alguém para morar em nossa casa, muito menos alguém em quem nunca antes deitáramos os olhos nem mesmo por fotografia. Meu pai, em uma urgência que ele sequer tentara dissimular, saíra cedo para o aeroporto. Com minha mãe encafuada no quarto desde a noite anterior, ficamos cada um por sua conta, em sua bolha de espanto. Heitor atracou-se com o videogame, e Eufrosine aproveitou para fazer o que deveríamos ter feito na véspera, lavar a louça das últimas refeições, passar o esfregão no piso da cozinha, varrer o quarto, juntar os jornais e revistas espalhados sobre o sofá e o tapete da sala e colocar na devida capa os discos que íamos ouvindo e deixando sobre o aparador ao lado do aparelho de som.

Esperei por eles toda a manhã, em pé, na varanda. Chegaram quando eu já não podia mais com a minha impaciência. Recuei ligeiramente ao reconhecer o carro do meu pai. Com a garagem em obras, ele foi obrigado a estacionar em uma vaga do outro lado da rua. Demoraram a sair do carro, e eu me peguei imaginando sobre o que os dois confabulavam, que assunto não poderia ser tratado depois que entrassem em casa, ou seja, à nossa frente. Corri ao banheiro para me aliviar da náusea que me azedou a boca, apressada demais para lavá-la, e tornei à varanda antes que a porta do carro se abrisse e ela finalmente aparecesse.

Vestia calças jeans e um casaco de tonalidade escura sobre uma camiseta azul. Limpei os óculos na ponta da camiseta e os ajustei outra vez aos olhos, na esperança de que aquele volume branco que ela carregava nos braços não fosse o que de fato era. Ah, não! Um cachorro! Meu coração deu uma cambalhota. Jamais nenhum de nós tivera permissão para possuir um bicho de estimação. Nem mesmo um animal silencioso como o gato, ou pequeno como a calopsita. Durante anos me fora negado terminantemente o desejo de criar um inofensivo peixinho em uma caixa de vidro de quinze centímetros. Agora, aquela lá surgia com um bicho que deixaria um rastro de pelos, urina e fezes em todos os locais da casa, sem que ninguém pudesse fazer ou dizer nada.

Meu pai deixou o carro em seguida. Depois de apanhar uma mochila no banco de trás e uma bolsa grande no porta-malas, posicionou-se ao lado da garota, e constatei com assombro que tinham quase a mesma altura. Ele segurou-lhe um braço, e juntos atravessaram a rua. Thalie movia-se na cadência dos que não se importam com o tempo, dos que sabem que o mundo se detém à sua passagem, e nas duas faixas os carros frearam para deixar passar a menina de cabelos ruivos ao vento, em um incêndio que me queimou o coração.

Retirei-me da varanda para o fundo da sala, o peito em chamas, e gritei: "Chegaram!" Heitor e Eufrosine surgiram quase imediatamente e em cinco minutos a porta da frente se abriu.

Voilà la belle jeune!

De perto, a primeira coisa que reparei nela foi o tom rosado da pele, as sardas em torno do nariz e os longos cílios que franjavam os olhos, onde brilhavam as pedras preciosas dos olhos do meu pai.

Com o cachorro aninhado nos braços, sorria com a boca, os olhos e as covinhas das bochechas. Meu pai vinha logo atrás com a mochila nas costas, uma das mãos puxando a bolsa de rodinhas e a outra pousada no ombro de Thalie. Eu não sabia o que havia ali de tão divertido que justificasse aquele sorriso, e me esforcei para não desabar em choro na frente de todos. Tremia tanto que mal podia ficar em pé. A impressão era de cair de uma grande altura, ali mesmo, os pés bem pregados ao chão.

Seguida por meu pai, Thalie avançou até o centro da sala. Usava anéis em quase todos os dedos das mãos e um monte de pulseiras que chacoalhavam irritantemente toda vez que ela movia os braços. Heitor hesitou, mas acabou se aproximando e abraçando Thalie com cachorro e tudo. Frouxo, mas aquilo era um abraço. Eufrosine deu um passo à frente, mas não foi adiante. Disse: "Seja bem-vinda, Thalie", e acrescentou, em tom acanhado, "a casa é sua, fique à vontade".

Não me movi nem abri a boca. Mil besouros zumbiam em meus ouvidos.

Meu pai acariciou o focinho do cachorro e disse: "Este é Chéri, *un très sympathique chien.*" Supus que se dirigia a mim, já que Heitor e Eufrosine não conheciam uma única palavra em francês. Uma fúria de escavadeira foi me esfolando o peito de pedra e eu jurei a mim mesma nunca mais ler nem escrever uma só palavra da língua francesa, muito menos abrir a boca para pronunciá-la. Naquele instante risquei a França do mapa do meu mundo. Finalmente enxerguei a verdade por trás da obstinação do meu pai em que eu aprendesse a cálida língua. Cálida? Idiota que eu era! Ali estava o real motivo da importância de ler, no original, *Une saison en enfer* e *Les fleurs du mal.* Compreendia, enfim, por que Truffaut, Godard e Chabrol eram infinitamente mais geniais do que Visconti, Fellini, Brian de Palma ou Martin Scorsese; por que a Nouvelle Vague fora o evento do século; o movimento impressionista, com sua temática da luz e da imprecisão, o mais importante fato histórico da pintura moderna; Edith Piaf, a maior intérprete do mundo, "Ne me quitte pas", a mais bela canção de todos os tempos. Sabia agora por que Molière e Racine eram os visionários criadores do maior e verdadeiro teatro — meu pai abria uma exceção para Shakespeare, porque Shakespeare escrevera o homem, Shakespeare escrevera o mundo, e, conquanto o mundo houvesse mudado, o homem contemporâneo, em sua essência, ainda era o mesmo homem revelado por Shakespeare havia quase cinco séculos.

Como um pai podia transformar a vida da filha em uma tragédia? Eu não precisava ir longe, não precisava chegar até Rei Lear e Cordélia. A Bretanha era bem ali em nossa casa. Um dia, quem sabe, meu pai arrancaria os próprios olhos por haver desprezado a filha que verdadeiramente o amava.

Lá estava ele, olhando diretamente para mim e ordenando: "Vá, filha, mostrar à Thalie o quarto e o armário onde ela deve guardar as roupas."

Àquela altura ele já providenciara uma terceira cama em nosso minúsculo quarto, e tivemos que abrir mão da mesinha com a luminária, que ficava entre a minha cama e a de Eufrosine. Muito mais do que ela, lamentei aquela arrumação; eu nunca mais poderia ler antes de dormir. Justo naquele momento em que começava a leitura de *Coração das trevas* e estourava de curiosidade, porque na página de rosto, abaixo de uma data e do seu próprio nome, meu pai escrevera "o horror, o horror".

Não tínhamos escolha. Mandá-la embora ou esperar que se fosse por vontade própria estava fora de questão. Aonde poderia ir? O certo é que nenhum de nós ousaria falar ou fazer um gesto, mínimo que fosse, de hostilidade à Thalie. Quem ali seria louco o suficiente para enfrentar Heleno Negromonte? Além do mais, ouvíramos da nossa mãe que a garota não tinha culpa nem do que acontecera tempos atrás nem mais recentemente, e que meu pai agia da maneira correta, fazendo o que era necessário fazer.

Foi Eufrosine quem se adiantou e conduziu Thalie ao nosso quarto, que a partir daquele dia seria dela também. Ao passar por mim, o cão branco e peludo de focinho levemente cor-de-rosa, um poodle — mais tarde ela corrigiu, um *bichon frisé* —, latiu raivoso e tentou se safar dos braços da dona, espichando-se todo em minha direção. No mesmo instante soube que o bicho farejara a Coisa; sorri de boca travada, e um suor gelado me escorreu pela palma das mãos. Thalie dirigiu-me um olhar gentil seguido de um "Desculpe" com sotaque forte e alargou o sorriso, que teimava em não se findar. Recendia a flor de laranjeira — minha avó Sarita plantara laranja-do-céu em seu pomar —, uma doçura que me fez estremecer.

Mantive-me calada. Se ela imaginava que podia esperar algo de mim, enganava-se redondamente. Melhor que se inteirasse desde aquele momento o quanto sua presença me era detestável. Ignorá-la estava acima das minhas forças. Não queria, mas, sendo filha de quem era, não podia ser outra coisa senão parte daquela embrulhada. Embora eu me dissesse um milhão de vezes que Thalie batera na porta errada, lá no fundo eu sabia o que não queria saber. Era impossível parar de me interrogar como meu pai fora capaz de calar sobre uma vida que importava não só a ele, mas a todos nós, e, passados tantos anos, de uma hora para a outra, aparecer com ela a tiracolo. Parecia ter comprado a garota na loja da esquina, ou a inventado, sacando-a de uma cartola ao estilo Copperfield, "Temos algo aqui, tam-tam-tam, o que será? O que será? Abracadabra! Ah! Uma menina!"

Até o último instante antes da chegada de Thalie, estive de dedos cruzados na esperança de que algum fato novo atropelasse sua vinda para nossa casa, que ela adoecesse gravemente e os médicos desautorizassem o embarque ou que odiasse meu pai e se negasse a deixar o seu país e fosse se esconder na casa de alguma amiga. Esperei que de alguma forma ela sumisse, não me importava como, e, se a única maneira fosse o avião em que viajava explodir sobre o Atlântico, estava tudo certo.

Mas ali estava ela, Thalie Aubert — que, ao contrário de mim, usava somente o sobrenome da mãe —, bem diante dos meus olhos, os cabelos derramando-se sobre as costas e pelas laterais do rosto sardento em uma cascata de luz, o sorriso de garota-propaganda na boca de dentes brancos perfeitamente alinhados. Desmedida e surpreendentemente confiante, embora não lhe faltassem motivos para se mostrar constrangida. Parecia estar bastante à vontade, imperturbável mesmo, como se a casa onde botava os pés pela primeira vez, a nossa casa, tivesse sido dela desde sempre. Agia como alguém que acaba de retornar de uma longa viagem — eu conhecia bem aquela autoconfiança tão própria do meu pai, que em todos os locais do mundo se punha na largueza de considerar o lugar como seu, por direito ou por graça. Thalie só podia ser filha de quem era.

Disparei para o quarto da minha mãe. Guardada ali desde a noite anterior, ainda não fora informada da chegada de Thalie. Encontrei-a na cama, encolhida embaixo dos lençóis, ressonando suavemente — um pequeno animal tosquiado e de rabo arrancado. Deitei-me ao seu lado de mansinho. Os cabelos lhe caíam sobre a metade do rosto. A metade descoberta me fez lembrar minha avó Adelaide, que não cheguei a conhecer, em uma fotografia que decorava o aparador da sala. Era possível alguém envelhecer de um dia para o outro?

Naquele instante, jurei a mim mesma jamais permitir que alguém me magoasse daquela forma, nem mesmo se esse alguém fosse o homem que eu amasse, nem mesmo se o homem amado fosse o mais charmoso, culto e talentoso, o mais reverenciado da face da Terra.

Minha avó Sarita costumava dizer que o casamento é uma espécie de caixa-preta de avião, as pessoas só têm acesso ao que se passa lá dentro quando tudo vai pelos ares. O pouco que sei sobre casamento vem da beleza e do horror do relacionamento dos meus pais. Dizem que as pessoas se casam e fazem filhos em nome do amor. Não sei se posso chamar de amor o que os mantém juntos. Já naquele tempo eu me indagava se todos os casamentos seriam como o deles. Não era possível que as pessoas escolhessem viver aprisionadas em suas obsessões e fraquezas. O amor não podia ser aquilo.

Não é verdade que as crianças são criaturas inocentes. De minha parte, posso afirmar cabalmente que não. Impossível viver junto de um adulto e não se macular com as suas manobras de sobrevivência. Uma prova disso é o quanto fui atormentada por aquela relação — eu os odiava por me fazerem sentir absurdamente mal —, na medida em que era tão fácil para mim apreender a imensa distância entre o sentimento que minha mãe nutria por meu pai e o que ele tinha por ela. Como uma peça do mobiliário, ela estava lá, permanentemente disponível, e ele se deitava nela para dormir, e sentava-se nela para ler, ver televisão, comer, mas, se lhe perguntassem de que material era feita, de que cor se revestia, ele não saberia dizer, porque simplesmente não a enxergava.

Sim, havia momentos em que partilhavam interesses e se divertiam juntos. Lembro-me das noites de sexta-feira ou sábado, em que se acomodavam no sofá da sala para assistir a filmes que eram escolhidos por meu pai numa locadora perto de casa, com pausas para comentários sobre as interpretações, diálogos, sentimentos dos personagens e estratégias narrativas. O cinema dos meus pais passava a distância de roteiros lineares e de esquemas bem-comportados. Os franceses, naturalmente, vinham à frente da preferência do meu pai.

Às vezes, permitiam que eu lhes fizesse companhia. Os filmes de Bergman — o diretor favorito da minha mãe —, me entorpeciam, e, aos poucos, sem que eu desse por mim, acalentada pelas vozes em língua desconhecida, meus olhos iam se fechando, e eu ia me entregando àquele afago, como se embalada por um céu de estrelas. Lembro de ter me divertido a valer com as peripécias de Titta em *Amarcord*, e de, ao final, ter ouvido com espanto o meu pai discorrer sobre o fascismo. As relações de Bruno Ricci com seu pai em *Ladrões de bicicletas* e de Totó com o projecionista Alfredo em *Cinema Paradiso* fizeram-me chorar um rio de lágrimas, e os *Sonhos* deslumbrantes e macabros de Kurosawa arrebataram-me como as pinturas dos livros de arte do meu pai, que existiam puramente em sua beleza, sem necessidade de significados.

Um filme, em particular, meio fantasmagórico, e sob certos aspectos enigmático, marcou-me de forma profunda. Ana, a órfã que vivia com as irmãs, uma tia e uma avó inválida num casarão penumbroso, agarrou-se em mim como uma camisa de força. Durante dias, meses, lutei para me libertar daquela angústia, e rolava sobre os olhos pretos, redondos, dramáticos, que se recusavam a se apagar, e as suas lembranças se faziam minhas sem que eu conseguisse afastá-las, a mãe morta, o pai morto, o jardim morto, o casarão morto. Não sei quanto dela havia em mim, mas o bastante para eu me encontrar na menina contemplativa e solitária, imersa em fantasias e interrogações — a infância é um tempo de muitas perguntas e poucas respostas —, num enfrentamento infinito com os sentimentos ambivalentes que a dominavam.

Tendo me esquecido do título do filme, recentemente indaguei à minha mãe se ela se recordava da menina que vira a mãe morrer e acreditava ser a culpada pela morte do pai — venenos podiam matar elefantes —, e ela negou veementemente que alguma vez na vida houvesse assistido ou me permitido assistir a algo assim, mas bastou que eu começasse a entoar a canção-tema do filme, de ritmo dançante e letra de cortar o mais duro coração, para os seus olhos se aguarem e ela me abraçar.

As noites dos meus pais eram curtas para tanto rock, soul, jazz, blues, mpb. Levavam as caixas de som para a varanda e punham no toca-discos uns *long plays* que, em meio à música que tocava, guincha-vam, estrilavam, sibilavam. Ainda não haviam se rendido à tecnologia dos CDs, e, mesmo quando isso aconteceu, mantiveram o toca-discos e continuaram escutando a música dos vinis. Tinham bom gosto musical. Minha mãe nos ninava com canções do Chico Buarque, Caetano Veloso e Gilberto Gil, que o meu pai, para provocá-la, chamava de *santíssima trindade*.

Sobre a mesa de centro da varanda, ela arrumava uma tábua com petiscos. Bebiam vinho ou uísque, e, mais raramente, vodca. Entra-vam madrugada adentro conversando sobre teatro, cinema, literatura, música, política. Sobretudo sobre teatro e literatura. Amava ouvi-los, autoridades máximas que eram em assuntos sobre os quais eu não escutava ninguém conversar, inclusive e especialmente quando discor-davam, o que quase sempre acontecia quando o tema era política. Meu pai desdenhava das crenças políticas da minha mãe, acusando-a de ser idealista e romântica, e a encorajava a se libertar da ideia limitada de que somente os socialistas desejavam a prosperidade da humanidade e se dispunham a trabalhar em seu benefício, e a fazia se lembrar das torturas, dos assassinatos, da matança em massa cometida por Stalin, Mao Tsé-*Tung*, Pol Pot, Ho Chi Minh, Kim Il-sung, em nome de revo-luções que deveriam salvar os seus países, torná-los melhores, e que haviam resultado em luto, medo, abandono, e mais miséria. Líderes redentores? Bah! Minha mãe enfurecia-se e retrucava que o problema era a sua natureza autoritária, o senso conservador, a retórica fundamentalista, que a maior tragédia do mundo era gente que pensava como ele, e afirmava que iria continuar sonhando, sim, com justiça e igualdade, com uma sociedade sem fome, ódio, opressão, que os erros cometidos no passado não justificavam a eleição de governos mesquinhos e corruptos que não davam a mínima importância ao povo.

Ela o amava obcecadamente, e, a despeito do seu indiscutível talento para a maternidade, não era em nós, mas em meu pai, que focava sua energia amorosa, do seu jeito impulsivo e impetuoso. Doía-me perceber a falta de interesse por qualquer coisa que não estivesse diretamente relacionada com as vontades dele, saber que não existia no mundo algo de que ela gostasse, de forma genuína e particular, que não tivesse uma ligação imediata com a vida do meu pai. Nunca mencionava o trabalho, as salas de aula — o que mesmo ela ensinava? —, os alunos, os colegas. Amigos? Ninguém a visitava nem lhe telefonava. Considerava amigos os roteiristas, diretores, dramaturgos, atores, técnicos conhecidos do meu pai. Embora, amizade sincera, ele também não tivesse nenhuma.

Por cima de tudo, imperava o ciúme. O ciúme a deformava, tornando-a feia, mesquinha, estúpida — sequer havia um Iago para torturá-la com seu canto de sereia. Minha mãe, que não lera Otelo e desprezava Shakespeare justamente pelo fato de meu pai adorá-lo, não sabia que o ciúme, diferentemente de outros sentimentos, a exemplo do amor, não carecia ser nutrido para se manter vivo.

As mulheres com quem meu pai contracenava, aquelas para quem ele olhava descaradamente quando ela não estava por perto, jornalistas que o entrevistavam, leitoras e tietes que o abordavam nas ruas ou que iam cumprimentá-lo no camarim, as canções interpretadas por Piaf e as compostas por Jacques Brel, minha avó Sarita e, principalmente, sua arte provocavam ciúme em minha mãe e a tiravam de si.

Trancava-me no banheiro durante uma eternidade de minutos, e abria o chuveiro para não ouvir os rugidos e as pancadas. Custava-me acreditar que aquela violência verbal partisse da mesma mãe que, para me fazer dormir, lia histórias com voz de algodão. Possuída pelo monstro dos olhos verdes, e em meio a milhares de impropérios desferidos contra meu pai, que se limitava a lhe pedir calma, tacava os objetos que estivessem à mão e os espedaçava contra as paredes.

Ao final, ele se recolhia ao escritório, e ela, depois de recolher os cacos, fechava-se no quarto. Eu me sentava à porta e a ouvia choramingar, praguejar contra meu pai e jurar-lhe ódio eterno. Doía-me e me envergonhava ser testemunha daquilo que me parecia uma fraqueza vulgar. Impotente, encolhida no piso frio, com a Coisa se retorcendo, me golpeando o peito e me arrevessando o estômago, acabava por cair no sono ali mesmo.

Na manhã seguinte, porém, minha mãe acordava a mais apaixonada das mulheres, a mais servil e aduladora das esposas, e eu podia garantir que, mais tarde, por trás da porta cerrada, os dois encheriam a noite de sussurros e risos abafados, um selar de pazes que me provocava náuseas tanto quanto a violência das brigas, que logo começariam outra vez.

Passados tantos anos, minha mãe não perdeu a mania de decantar as façanhas do meu pai. Agora que ela se aposentou, aparece uma vez ou outra para checar como andam as coisas por aqui; na verdade, para checar como estou, já que não lhe bastam os telefonemas diários. À medida que prepara o chá e arruma a mesa para o bolo sem lactose, sem glúten e sem açúcar — o "des-bolo" —, já que envelheceu obcecada com a qualidade dos alimentos que ingere, tagarela sobre a última entrevista do meu pai, as homenagens que lhe são prestadas, a autobiografia que ele escreve há anos e que agora, finalmente, parece se aprontar para uma publicação com o título pedante *Diante de Deus*, como se ele não tivesse passado a vida inteira reprovando-a por ler autobiografias, infiéis que eram às experiências vividas.

Emudeço em meio a grandes goles de chá. Não tenho nada a dizer à minha mãe, mas ela não desiste, "E aí, Aglaia? Me fale um pouco de você, querida! Quais as novidades?" Sorrio apenas e lhe digo que está tudo bem, e ela me lança um olhar avaliador, perguntando-se, talvez, quando mesmo estive bem — nunca mencionamos o passado e ainda assim ele continua pairando sobre nós como a sombra de um pássaro impossível.

O que contar à minha mãe? Que às vezes me deixo estar horas e horas à janela desta torre de Tübingen, em estado de lassidão, fumando um cigarro mentolado e esquadrinhando os telhados, as sacadas dos apartamentos, as ruas e os carros que passam zunindo, os pombos que estão por toda parte, entulhando o mundo de penas e excrementos, ouvindo buzinas, o gemido de uma máquina em algum canteiro de obras? Que à noite assisto a algum filme ou série na TV ou contemplo as estrelas que minha avó Sarita me apontava no céu de *Saudade*?

Devo contar-lhe que sinto saudade de mim, não da Aglaia forjada para sobreviver, mas da verdadeira, a que de forma imperceptível foi se perdendo de si? Com quais palavras lhe dizer que muitas vezes o que mais desejo é estar integralmente comigo mesma, com minha essência? E que, para voltar a me pertencer, paro de me medicar de forma propositada — e então o mundo deixa de ser o que parece, o meu coração pega fogo, meus olhos se abrem para dentro de mim, para a aspereza de asas e penas que me rasgam a zona cega das entranhas?

Há coisas indizíveis. Há coisas tão íntimas que compartilhá-las é o mesmo que arrancar o coração e colocá-lo sobre a mesa, "Veja, é feio, frágil, sangrento, o que faço com ele?"

Sobre o que poderíamos conversar? Sobre literatura? Não sei mais o que minha mãe lê. Amava os livros, tanto quanto meu pai, e vivia bradando que eles não só civilizavam como nos tornavam menos sozinhos. Na casa das minhas lembranças, do chão ao teto, os livros estavam por toda parte, na sala, nos quartos, nos banheiros, no corredor e até na cozinha. Reclamava que não havia mais espaço onde guardá-los e brincava dizendo que davam cria, mas ela própria não conseguia parar de comprar. Podia faltar dinheiro para qualquer coisa, jamais para livros.

No universo dos autores infantis, ela nos comprava Lygia Bojunga Nunes, Ruth Rocha, Ziraldo, entre outros, todos sob a desaprovação veemente do meu pai, que afirmava se tratar de narrativas líquidas, de fácil compreensão, que acabariam por nos desestimular a ler livros com um certo grau de dificuldade, e insistia em que a minha mãe subestimava a nossa inteligência.

Foram os livros, antes que a vida, que me atiçaram a curiosidade pela condição humana, e, posteriormente, deram-me a habilidade, aperfeiçoada numa graduação em Letras, para o magistério. Durante anos, quando as medicações ainda não haviam me dissolvido de todo, em que eu ainda não me transformara nessa falta de mim mesma, lecionei em escolas públicas para alunos do ensino médio, e cheguei a dar aulas particulares para adolescentes. Provavelmente os pais não sabiam de mim, do que me ocorrera tempos atrás — quando era garota, e os meus pais falavam entre si ou com a minha avó a esse respeito, referiam-se ao acontecido como "o acidente de Aglaia". Construí uma reputação invejável como professora de língua portuguesa e literatura. Intercorrências psíquicas, porém, e os recorrentes afastamentos acabaram por comprometer as minhas atividades docentes — a cada retorno, os alunos me observavam com suspeita, e, em alguns olhos, eu enxergava um quê de desprezo, em outros, compaixão; saberiam?

Ler era uma experiência intensa, quase mística. Os livros acendiam clarões dentro de mim. Romances lidos a partir dos dez, onze anos, especialmente os de Jane Austen e os das irmãs Brontë, formaram a minha consciência, guiaram-me por caminhos sem fronteiras à descoberta do mundo — sentia um orgulho secreto em conhecer Lizzie Bennet, em me identificar com a sua natureza contestadora, não convencional para os padrões femininos da época, e tomar chá com Annie Elliot e Emma Woodhouse, de conversar longamente com Jane Eyre sobre o seu poder intuitivo, seus sonhos pressagiadores, de passear com Cathy Earnshaw e Heathcliff pelas charnecas de Wuthering Heights, e de compreendê-lo tão profundamente a ponto de me solidarizar com o seu projeto de vingança.

Durante um longo período, *Hamlet* teve para mim a mesma significância que a Bíblia para a minha avó Sarita. Mais tarde, *Dom Quixote de la Mancha* tomou o seu lugar como livro sagrado. Foram igualmente reverenciados *O tempo e o vento*, *Anna Karênina* e *O morro dos ventos uivantes*. Levava *Cem anos de solidão* comigo aonde quer que eu fosse, sob a desaprovação da minha mãe, que dizia se tratar de um romance caótico e delirante, além de inadequado para a minha idade, mas, como a leitura fora indicação do meu pai, ela não ousava arrancá-lo de mim.

O livro era um talismã.

A história de Raquel, que me chegou junto com outros livros, em noite de Natal, quando eu ainda era bem pequena, acabou por se tornar uma obsessão. Fui arrebatada pela menina que colecionava nomes e escondia vontades em uma bolsa amarela, e durante meses exigi que minha mãe lesse para mim a mesma história diariamente. Deitávamos em minha cama, ou na dela, e, ainda que eu já soubesse ler, achava delicioso que ela o fizesse. Embora ela tenha me assegurado que isso nunca aconteceu, que nunca permiti que ninguém lesse para mim, que sempre tive talento para a leitura, mesmo quando ainda não havia sido alfabetizada e fazia questão de eu mesma me contar as histórias, inventando-as a partir das ilustrações, sei que está equivocada. Uma das lembranças mais nítidas que guardo da minha infância é a sensação do aconchego do seu corpo, do cheiro da sua pele, do calor da voz. Pertencia à minha mãe a voz que me agasalhava as noites com os sonhos da menina da bolsa amarela, e que fluía em uma melodia mais ou menos triste, porque Raquel não se encaixava no modelo das garotas comuns. Secretamente, eu compartilhava seus desejos de ser gente grande, menino e escritor, uma vez que em minha casa, assim como eu suspeitava de que fosse no restante do mundo, só os adultos tinham poder de decisão, e a vida dos seres masculinos, por diversas razões, entre elas a não obrigação de ajudar a mãe nos serviços domésticos, mostrava-se mais fácil e vantajosa, ainda que ela pregasse que não admitia em sua família nenhum tipo de preconceito de gênero.

Há coisas de que não se esquece. Minha mãe chegava do trabalho me trazendo um saquinho de caramelos ou de balas 7Belo e me chamava Tatu-Bolinha, e eu me derretia como um sorvete ao sol, inocente do quanto estar acima do peso podia ser ruim. Abotoava-me o vestido, amarrava meus sapatos e me prendia os cabelos com mãos pacientes, erguia-me nos braços e me sentava no balcão da cozinha para vê-la descascar batatas cozidas, passá-las no espremedor, misturar a elas farinha de trigo, gemas de ovos e um punhadinho de sal, e depois espalhar a massa sobre o balcão polvilhado. Então me deixava ajudá-la no corte dos rolinhos, que iam, por fim, para a panela de água fervente se transformar em deliciosos nhoques.

Um tempo com gosto de sol, em que me enchia de histórias, beijos e declarações do seu amor, em que me ouvia com o rosto iluminado por um sorriso, os olhos empapuçados de ternura, em que acreditava em mim, ainda que eu lhe dissesse que vira uma galinha azul comendo lírios no jardim da minha avó Sarita. E mesmo quando se aborrecia comigo e me falava em tom grave, com olhos apertados de censura, eu podia sentir aquele amor claro, redondo, pleno. Um amor de permanente lua cheia. Não sei determinar quando esse amor começou a minguar e a mudar de cor, em que instante a meiga atenção desonerou no olhar duro, na rispidez das palavras: "Outra vez, Aglaia? Assim não é possível! Já falamos sobre isso, filha! Eu a proíbo de abrir a boca para mais uma palavra, a senhorita está me ouvindo? Quer me enlouquecer, menina?"

Em algum instante deixei de ser criança, mas continuei carente das rédeas da minha vida. Perdidas as regalias da infância e a meio caminho da vida adulta, andei durante anos em uma espécie de limbo, um sonho de espera. Quando iria crescer de uma vez e ser eu mesma, viver por minha conta? A adolescência era um campo engessado por regras de comportamento ditadas por minha mãe e de quando em quando confirmadas por meu pai; embora não fossem mais ou menos severas do que as impostas anos antes, diferenciavam-se por não serem acompanhadas das demonstrações de afeto particulares da infância.

Meu pai, mais do que minha mãe, por acreditar que as pessoas eram o que falavam, decretava a forma como devíamos nos expressar. Gírias, palavras amputadas e expressões chulas eram terminantemente desautorizadas. Aquilo estava longe de ser um problema para mim; mantinha-me obediente à gramática sem nenhum esforço. Agradava-me primar pela linguagem e constatar a impressão que a minha fala causava nas pessoas. Aprendera com meu pai que as palavras certas podiam tornar extraordinária qualquer coisa que se falasse. Todavia, não aceitava aquela tese de que a linguagem usada por um sujeito pudesse revelá-lo. Quem imaginaria que por trás do discurso bem estruturado do meu pai existia um homem autocentrado, orgulhoso e intolerante? Para mim, uma pessoa era ela com ela mesma, com suas emoções, seus desejos e seus pensamentos. Eu, por exemplo, até uma certa idade, falara pelos cotovelos e era admirada por isso. O que sabiam de mim? Nada. Meu pai julgava-me autossuficiente e minha mãe fiava-se em conhecer o que era melhor para a minha vida. Ignoravam o que em mim havia de mais significativo. Na verdade, quando minha mãe me perguntava no que eu estava pensando, ela queria mesmo era saber quem eu era, assim como os psicoterapeutas, que me espicaçavam, "Fale-me, Aglaia, fale-me sobre os seus pensamentos mais íntimos", como se pensamentos pudessem ser mais ou menos íntimos.

Foi assim, de um dia para o outro, que um feixe de luz começou a cair impiedosamente sobre meus pais e eu deixei de olhá-los de baixo para cima. Não eram mais assim tão belos nem tão justos nem tão invulneráveis, e de repente tornaram-se incapazes de garantir minha felicidade com a ambiguidade do seu amor e a precariedade da própria existência.

Passei a negá-los do instante em que eu acordava até o último bocejo do dia. Não os perdoava por serem fracos e imperfeitos, por representarem o mundo de injustiças, mentiras e traições que eu abominava. Vencida por uma raiva silenciosa e sem coragem para enfrentá-los, para lhes declarar que eu nunca, jamais, em tempo algum, seria como eles, apenas os tratava com uma frieza implacável. Mas quem se importava?

Depois de apontar em mim uma passageira crise saturnina, própria da idade, meu pai voltou para dentro da sua bolha. Minha mãe não levava a sério minha insolência e, por cima da gelidez com que eu me comportava, ordenava o que tinha de ser feito — apressar-me para a escola, estudar, arrumar a cama, pôr as roupas sujas na máquina — e me indagava sobre a escola, as sessões com a doutora Ana Augusta, os livros que estava lendo, ao que eu respondia monossilabicamente, evitando encará-la. A vida era uma estrela cadente, e o brilho que um dia iluminara meu quarto de menina, com minha mãe lendo para mim, já não existia mais.

Se eu ainda lesse ou me interessasse por prosa de ficção, certamente haveria o que conversar com minha mãe a cada uma das suas visitas. De quando em quando me presenteia com um romance, que acaba enterrado em alguma gaveta. Descobri que as histórias mais perturbadoras contadas em livros não são mais perturbadoras do que a realidade, com sua fome de vida e de morte. Leio poesia, onde encontro a palavra em seu estado mais puro. A poesia é um breve lampejo no mistério que envolve a existência. A poesia é um abandono. Deito-me em seu colo e me deixo acalentar. Voltei para os braços da doce Cecília, para o seu mar "desprovido de apegos", para a sua música de flores, pássaros, arco-íris. Voltei para Rilke e os seus versos de pluma. Hoje, busco o que me toca a alma suavemente, a flauta de Van Eyck, a harpa de Loreena McKennitt, a pureza dos sonhos de Kitaro, as viagens ao fim do mundo de Pat Metheny, Vangelis e as suas memórias de um azul repousante.

Contaria à minha mãe, se fosse possível, se ainda estivesse ao meu alcance mentir, sobre uma manhã à beira-mar, uma longa caminhada sob um céu encarneirado, uma tarrafa puxada por pescadores amáveis, que teriam me presenteado com uma linda concha, e sua boca se alargaria em um sorriso de alívio, "Uma concha? Ah! que maravilha!", e eu lhe diria ainda da minha visita ao mercado municipal, e ela arregalaria os olhos ao me ouvir descrever pitayas de polpa vermelha e romãs inchadas como os seios enleitados de uma mulher. Acreditaria em mim, ainda que eu fosse pouco ou nada confiável — no fundo, tudo o que as pessoas mais querem é acreditar no outro.

Às vezes lamenta a estreiteza da minha vida, o universo de parcos horizontes, a solidão que escolhi para mim. Ainda que conheça de cor minhas negativas, insiste em que eu faça um curso de filosofia ou que passe a me exercitar. "Por que não uma hora de caminhada ao dia, duas horas de natação por semana?", e me faz propostas indecentes, como convidar meus irmãos e sobrinhos, oferecer-lhes um café, um lanche. Então a faço ver que o lugar onde vivo é impróprio para receber quem quer que seja, e ela sacode a cabeça e rebate em tom desaprovativo: "Mas são seus irmãos, Aglaia." Meus irmãos, o que isso significa? Apenas que nascemos dos mesmos pais. Desconheço-os, assim como eles a mim. O que fariam aqui? Olhariam-me como se olha uma pantera em sua jaula no zoológico e alertariam os filhos, "Não se aproximem demais, por trás da aparente mansidão há uma natureza furiosa que a qualquer instante pode despertar".

Quando minha mãe finalmente se vai, e à porta do elevador ordena: "Fique bem, Aglaia", respiro aliviada, como se me tivessem arrancado uma espinha de peixe atravessada na garganta.

Naquela manhã em que recebemos Thalie, deixei minha mãe ainda adormecida em sua cama. Sem ideia de onde me guardar, aonde ir, agora que havia uma estranha em meu quarto, vagueei pelo apartamento silencioso, da cozinha à sala, da sala à varanda e da varanda ao corredor, até escutar os risos e colar meu ouvido à porta. Atenta para não ser flagrada em atitude de espiã, fui apanhada por outro assombro. Eufrosine, que tanto se afligira com as explicações que teríamos de dar aos colegas quando Thalie surgisse na escola ao nosso lado, que me torrara a paciência indagando que história lhes contaríamos sobre a mocinha que agora fazia parte da família, parecia entender-se perfeitamente com a outra.

Apesar do sotaque, Thalie dominava o português, o que significava que estivera todos aqueles anos estudando a nossa língua, que o tempo inteiro sabia o que a esperava — não digo da morte da mãe e da avó, de todo imprevistas, mas da sua vinda, em algum tempo, para o Brasil. Certamente, em telefonemas feitos às nossas costas, meu pai a convencera a estudar a *inculta e bela* flor do Lácio, declamando para ela toda a *Lírica* de Camões, o que significava que o criador e a criatura haviam estado desde sempre mancomunados.

Thalie contava à Eufrosine que, aos doze anos, perdera a mãe, atriz de renomado talento, os pulmões arruinados pela nicotina. E sobre o lugar onde vivera com a avó até ela morrer alguns dias antes; uma comuna apenas a uma hora e meia de Paris, com pouco mais de dez mil habitantes. Construções medievais, muros cobertos de hera, ruas estreitas de pedras, que na primavera se iluminavam com as floradas das cerejeiras, onde a mãe nascera e residira até entrar na Sorbonne Nouvelle, para os estudos de arte dramática.

Eufrosine, que algumas horas antes se dissera disposta a afrontar Thalie como ela merecia, mostrava-se sinceramente condoída com a morte daquela mãe, que eu mataria com minhas próprias mãos se ela já não estivesse morta. Parecia também seriamente interessada nos vinhedos a perder de vista, nos salgueiros-chorões que se curvavam sobre as águas frias do rio Sena, nos mimosos pardais que vinham comer às mãos dos moradores.

Afastei-me com o coração saltando pela boca.

Na sala, meu pai segurava o jornal aberto à frente do rosto, e eu me perguntei como conseguia ler com seu mundo chacoalhado, o mundo que ele próprio cuidara de virar para baixo. Escapuli pela porta de serviço e, sem paciência para esperar pelo elevador, voei pelas escadas. O porteiro abelhudo perguntou se a mocinha que subira com meu pai era nossa parente. Virei o rosto e ganhei a rua. Como não sabia para que lado ir, saí zanzando. O mundo cheirava mal com tanta coisa estragada, especialmente em minha casa. Por dentro de mim tudo ardia, como se meu corpo inteiro fosse uma ferida e alguém soprasse por cima. Olhei para o céu melado de nuvens, só por olhar, ainda meio cega pelas lágrimas. Em seu espetáculo de impermanência, as nuvens podiam ser coelhos, pássaros, dragões, fetos, bruxas voadoras e tantos outros seres encantados. Naquele momento, um dragão-de-komodo estendia-se sobre uma imensidão de lajedos azuis. Fechei os olhos por alguns instantes e, ao abri-los, o bicho dissipava-se lentamente, o focinho se afinando, o corpo se alongando, até só restarem uns fiapos daquilo que um minuto antes fora um lagarto.

nove

Não consigo me mover, mudar de posição. Doem-me os ossos, os músculos, os mais íntimos ligamentos da carne. Não sei por quanto tempo os dias têm sido o mesmo dia. As enfermeiras aparecem para medir minha temperatura, trocar ou apenas checar a bolsa de soro. O quarto fede a éter e desinfetante hospitalar. Cada vez que ouço a maçaneta da porta girar, puxo o lençol rapidamente sobre o corpo e a cabeça, encolho-me como um feto e simulo um sono de morta. Nos raros e breves momentos em que me deixam sozinha, descubro os olhos e observo um pedaço de céu através da janela envidraçada, às vezes, de um azul brilhante, às vezes, dourado como um céu de poema, outras vezes, manchado das espumas das nuvens. Meus pais se revezam nos cuidados comigo. Sei que são eles. Reconheço os suspiros da minha mãe, as passadas inquietas do meu pai. Reconheço seus sussurros quando confabulam entre si ou com os médicos e enfermeiros. Falta-me coragem para lhes confessar que não era para ter sido como foi, que deu tudo errado, que a culpa é toda minha. O que eles sabem? Se sabem a verdade, não mereço a confiança de estar sozinha. Empenham-se em me proteger. E, por certo, responsabilizam doutor Xisto, que não suspeitou do perigo que represento para mim mesma.

dez

Há alguns dias, quando voltava do consultório do meu novo psiquiatra, resolvi fazer um percurso diferente para casa. Pedi ao motorista do Uber que me deixasse na praia do Pontal. Chovera no dia anterior, e o mar, de tom barrento, lembrou-me uma barragem de águas açoitadas pelo vento. Caminhei lentamente pela calçada praticamente vazia àquela hora, com a brisa marinha me lavando os pulmões e a luminosidade me arranhando os olhos. No monolítico céu azul, nenhuma nuvem, apenas a cauda de algodão deixada pela passagem de um avião. Descalcei-me e fui me sentar na areia. A alguns metros, jogadores corriam atrás de uma bola. O mundo sabia a maresia e flor de cajueiro. Busquei os óculos escuros na bolsa e encontrei os sonhos recheados de creme de baunilha que eu comprara na padaria ao lado do consultório. Comi-os um por um, devagar, vigiando o paredão rochoso cor de ocre escavado pelas garras obstinadas do mar, a torre do farol, as asas pretas de uma solitária ave de rapina.

Então, fechei os olhos e uma lembrança caiu com força sobre mim.

Demian.

A primeira vez que o vi, estava sentado em um dos bancos do pátio da escola, lendo um quadrinho da Marvel. Um garoto magro, de cabelos pretos retintos, que lhe cobriam as orelhas e escorriam pelos ombros. Ao toque da campainha, fechou a revista e ergueu a cabeça. De tão puxados, os olhos lembravam cicatrizes. Meu coração deu um pulo e alcançou o céu. Levantou-se — era incrivelmente alto, e muito mais magro do que parecia ser quando sentado —, bateu os fundos da calça e olhou em derredor. Quando nossos olhos se encontraram, sorriu, e os olhos sorriram também, quase se fechando completamente. Na hora fui assaltada por um sentimento de gratidão. À exceção da minha mãe e da vovó Sarita, nunca ninguém me sorrira daquele jeito. Sem conseguir tirar os olhos de cima dele, sorri de volta, e naquele momento mesmo comecei a amá-lo.

Na ocasião, não sabia sobre nosso parentesco. Tia Gertrude, única irmã da minha mãe, mudara-se para uma cidade no sul quando Demian era ainda um bebê e eu nem havia nascido. Além disso, ela e minha mãe, por motivos que nunca me foram revelados, não se falavam há anos. Algum tempo depois do retorno de tia Gertrude, quando eu e Demian já nos tornáramos amigos, voltaram a se comportar como irmãs e passaram a conversar uma vez ou outra, quase sempre por telefone. Creio que não voltaram a se gostar, se é que em algum dia isso aconteceu. De qualquer forma, aquele selar de pazes, ainda que, para mim, fingido, facilitou a minha presença na casa de Demian e a dele na nossa, embora ele raramente nos visitasse, talvez porque pressentisse o que eu sabia, que os meus pais, seus tios, o achavam esquisito, como se os dois fossem o melhor exemplo de pessoas normais.

Em pleno verão surgia metido em calças de veludo e camisa de flanela, ou, no estilo grunge, em uma camiseta onde cabiam dois Demians, ou em um casaco rasgado aqui e ali. Usava um chapéu do século passado, que eu não sabia onde fora arranjar, prendia os cabelos com um arco ou uma bandana e calçava uns coturnos meio estufados e com costuras aparentes, que faziam minha mãe, não sem uma ponta de sarcasmo, indagar se ele tinha pretensão a duende.

Heitor o desprezava. Dizia que era escorregadio, que fazia tipo com seus gostos excêntricos e, sobretudo, mostrava-se delicado demais, delicado além da conta. Meu pai endossava as impressões de Heitor, sorrindo pelos cantos da boca. Tomada por um sentimento de indignação, eu erguia a voz: "Ah, só porque ele não é um troglodita com QI de ameba feito você, Heitor?" Se não sabiam, ficassem sabendo que Demian era meu anjo, "O meu anjo, estão me ouvindo?" Meu pai, sacudindo a cabeça e citando um dos seus poetas preferidos, sentenciava: "Todo anjo é terrível, todo anjo é terrível."

Não fui eu que o elegi como amigo. Isso não estava ao meu alcance. Foi ele quem me conduziu para junto de si e me tomou como companhia de todos os momentos, dos recreios escolares aos passeios um tanto sem rumo, que quase sempre acabavam na praia do Pontal. Caminhávamos ou pedalávamos durante horas, sem pressa de chegar, apenas olhando as coisas do mundo e trocando uma enxurrada de ideias. Bastava que me sorrisse e seus olhos se espremessem para que a terra começasse a tremer sob meus pés.

De minha parte, tudo que eu tinha para lhe oferecer eram histórias. Não as minhas, com certeza, que nem de longe seriam capazes de prender sua atenção; por outro lado, se o fizessem, seguramente, não seria de forma positiva. Nas histórias que os livros contavam, e que eu recontava para Demian, a guerra ia além da destruição, o amor não tinha fim, e por tudo valia a pena viver e lutar.

Para sensibilizá-lo, ornamentava as histórias com palavras que deveriam lhe soar raras e bonitas, que talvez lhe fossem desconhecidas e que eu, ao ser indagada, pudesse lhe entregar o sentido — que mal havia em desejar ser especial aos olhos de alguém querido? E polia os personagens com o desassossego amoroso que provocavam em mim.

Contava-lhe dos Terra e dos Cambará, de Pedro das Missões e de Ana Terra, mulher que em muito me lembrava minha avó Sarita no jeito grande de ser, do capitão Rodrigo, que me enfeitiçara com o seu arrastar de esporas e o olhar de gavião cravado em Bibiana Terra, a neta de Ana, com quem veio a se casar. Demian apreciava que uma história se desdobrasse em outras, uma vida em tantas vidas, Bento Amaral, rival do capitão Rodrigo, Bolívar e Florêncio Cambará, filhos do capitão com Bibiana, Luzia do Sobrado e, entre tantos outros personagens, doutor Rodrigo, bisneto do capitão, que, assim como meu pai, carecia de se sentir adorado o tempo inteiro.

Demian revelou-me que, enquanto os moradores de Santa Fé arengavam por terras, competiam, duelavam, guerreavam, amavam e matavam, podia sentir o vento daquela cidade assobiando dentro dele; tal confissão era um louvor à minha habilidade como contadora de histórias. Um dia sugeri, ainda que com pudor, que lesse "Os olhos de Miss Morrison", uma das minhas redações que tinha dado o que falar em minha classe. Após corrigi-la e assinalar um "Primoroso" acima do título, o professor fizera cópias e distribuíra para todos os meus colegas. Pedira que escrevêssemos sobre um vizinho, um vizinho qualquer, como o enxergávamos, a nossa relação com ele, o que imaginávamos que ele fizesse quando não o estávamos vendo. Como não havia nenhum vizinho interessante, inventei a Miss Morrison, uma estrangeira vinda de um país longínquo, que tinha olhões de desenho animado, morava sozinha, pintava naturezas-mortas e criava um monte de gatos. Não muito mais do que isso. Depois da leitura, Demian ficou algum tempo calado, observando-me com um olhar cabreiro. Nenhuma loa, nenhuma impressão. "E aí?", pressionei-o. Chacoalhou a cabeça e disse: "Às vezes, como agora, você me faz pensar que há outra Aglaia dentro de você." Como ele conseguira adivinhar?

Impressionava-se que eu conhecesse de cor os solilóquios de Hamlet, rei Lear, Macbeth e os recitasse de forma teatral durante nossos passeios à beira-mar ou, ao sair da sua casa, deixasse displicentemente um papelzinho sobre a mesa de estudos, com a ternura de versos de Cecília Meireles que diziam:

> *Meus dias foram aquelas romãs brunidas,*
> *repletas de cor e sumo e doçura compacta.*
> *Foram aquelas dálias, redondas colmeias*
> *cheias de abelhas, de vento e de horizontes.*

As inquietações que Demian partilhava comigo eram de outra espécie. Queria saber se eu acreditava que poderíamos, naquele momento, estar em outro lugar, em outro universo, considerando a infinidade deles; o que vivíamos naquele momento não passava de ilusão e, nesse caso, a morte não existiria como realidade, mas apenas em nossa restrita percepção. Ou me questionava sobre a existência do acaso, se Deus jogava dados com o universo, se a vontade e a autonomia de cada um, a tal livre escolha, não passava de balela. Demian me ferroava a imaginação, indagando o que seria exatamente a matéria escura e de que se comporia, se, mesmo não sendo possível enxergá-la, o universo se constituía dela em 96%, e desfiava as teorias do surgimento do universo e da vida, "Aglomeração de moléculas? Evolução de estruturas bioquímicas? Átomos em contato com a luz?"

Um dia, depois que estudasse engenharia aeroespacial, astrofísica, mecânica orbital e um tanto de outras ciências, iria se tornar um astronauta. Aquele sonho, que não me incluía, era para mim um pesadelo.

A amizade de Demian me rendeu, senão a aceitação, o respeito dos colegas na escola, que com assombro nos viam passar entretidos em nossas infindáveis conversas literárias e astrofísicas. Por certo, deviam se perguntar o que o garoto inteligente e boa-praça, a quem chamavam de Doutor Cranium, que discorria sobre fenômenos galácticos e mecânica quântica com o mesmo entusiasmo com que os colegas falavam de práticas esportivas, que ganhava todos os prêmios das feiras de ciências e era bajulado pelos professores, podia fazer ao lado da garota garducha e raivosa, de quem eles procuravam se manter distantes.

Como na história do pequeno aviador de Exupéry, se eu fosse encontrá-lo às quatro, às três já começava a ser feliz. Nem a leitura dos livros mais apaixonantes nem o arroz-doce polvilhado com canela da minha avó Sarita podiam se comparar ao momento em que Demian me sorria e me enlaçava em seus braços, o alto da minha cabeça tocando o seu coração.

No dia em que Thalie chegou, eu não preparara meu coração para Demian. Após sair de casa desorientada com o abatimento da minha mãe, atônita com o descaramento do meu pai e a frouxidão de propósitos de Eufrosine, ao passar pela calçada oposta ao prédio de Demian, fui atingida por um brilho trêmulo, um pequeno sol que subia e descia do meu rosto às pernas. De onde estava, pude vê-lo debruçado à janela do apartamento, divertindo-se em manobrar o espelho. Irritada com a brincadeira, fui me esconder atrás de um tronco de árvore. Um gato parado no meio-fio me olhou demoradamente — ele não sorriu para mim nem lhe perguntei se existiria um lugar livre de gente maluca para onde eu pudesse ir. Meus olhos queimavam. Então, Demian assoviou e fez um sinal para que eu o esperasse. Meu coração deu um salto. Deveria contar-lhe sobre Thalie, afinal de contas se tratava de alguém que, a partir daquele dia, integraria a família, a família da qual ele também fazia parte, mas meu coração me implorava silêncio.

Seguimos pelo calçadão da rua do Capim até a Beira-Rio, em direção à praia. O ar flamejava como se o mundo estivesse com febre. Passamos pelo centro comercial onde meu pai costumava cortar os cabelos e aparar a barba. O restaurante chinês, o único ao qual minha mãe me levava de vez em quando, e eu adorava por conta dos rolinhos primavera e dos biscoitos da sorte, estava em obras, com uma escada aberta bem no meio da calçada. Para não assumir perante Demian a crença de que passar embaixo de escada dava azar, deixei de me desviar e o segui de dedos cruzados. O que poderia me acontecer pior do que o que já estava acontecendo?

Paramos na ponte. Os rios eram uma das coisas mais belas de se ver, ainda que malcheirosos e entulhados de imundícies, ainda que carregassem em suas águas peixes mortos e pessoas afogadas. Sobretudo quando as baronesas vestiam de verde as águas tangidas pelo vento. As coisas que não pertenciam a ninguém eram as mais ricas, as mais bonitas de se ver. Disse isso, e imediatamente pensei em verso de poema. Esperei que Demian me encarasse com admiração, mas ele apenas sorriu. Começou, então, uma fala sobre a precariedade dos sistemas de esgoto, lixo doméstico e industrial e seguiu falando sobre micro-organismos naturais e de trânsito, ciclo de nitrogênio e mais um tanto de assuntos afins, sem que eu conseguisse prestar atenção ao que ele dizia.

Mais adiante, passamos pela calçada do casarão ocupado por pessoas que um dia haviam sido chamadas de sem-teto. Aquele era um trecho que, quando estava sozinha, eu cruzava a rua para não pisar. Perturbavam-me as mãos estendidas, os olhos onde boiava uma acusação velada. Demian conhecia os moradores do casarão pelo nome, apertava-lhes as mãos e fazia piadas de fatos que me eram estranhos. Riam juntos, e naquele momento pegou nos braços uma garotinha de rosto encardido que exalava ovo e urina. Eu não compreendia por que meu coração ardia de compaixão pelos miseráveis de Victor Hugo e Dostoiévski, e não por aquelas pessoas que, de tão próximas, eu podia sentir o odor rançoso do corpo. Existiam mundos muito mais vastos do que os que se mostravam nos livros. Nos livros, as coisas mais feias, mais sinistras, eram ainda a beleza da palavra. Junto daquele, o mundo em que eu e minha família vivíamos, em que a comida simplesmente brotava da mesa, parecia-me pequeno e artificial.

O que mais me intrigava em Demian não era sua capacidade de confiar, de oferecer seu coração tão imaculado a pessoas que por certo iriam manchá-lo, mas, sim, a habilidade para ouvir em silêncio, sem nenhuma reação, qualquer pessoa que expusesse crenças e ideias que iam radicalmente de encontro às suas e o fato de não precisar se esforçar para lidar com as diferenças alheias. Demian era naturalmente livre. Ser livre significava ser bom, e ser bom era a mesma coisa que ser amado. Embora faminta de amor e ciente de que, para ser amada, eu precisava me mostrar amistosa, sensata, capaz, condescendente, além de ter de fazer o que as pessoas esperavam que eu fizesse, uma parte de mim, sombria e secreta, movia-se em sentido contrário. E eu, esquiva e exasperada, desmentia, afrontava, feria.

Obviamente isso não valia para Demian, a quem eu doava minha porção luminosa, aquela concebida e nutrida no tempo em que os braços da minha mãe se fechavam em torno de mim como uma barreira contra o mundo, e sua voz de leitora me aquecia a alma, e meu coração, acalentado de fantasia, criava asas, voejando por paragens de sonhos; minha melhor parte, que me fazia sentir bem comigo mesma, e que Demian, em um milagre, fez ressurgir em mim.

Depois do casarão, contornamos a igrejinha assentada no meio do coqueiral, as ondas do mar lhe lambendo o adro, e passamos em frente ao mercado de peixes. Seguimos pela calçada ladeada de quiosques, com mesas ao ar livre; no ar, o cheiro de sal e fritura. Mais adiante, descemos para nos sentar na parte mais alta da faixa de areia, normalmente só alcançada pelo mar em dias de ressaca. O Marquês do Saco falava sozinho à sombra de um cajueiro de inúmeros e tortuosos galhos. Maçaricos revoavam em círculos, moviam-se em elipses, desenhavam estranhos arabescos sobre nossa cabeça. Na borda do mundo, um navio seguia para o porto.

Demian espetou o olhar em algum ponto do horizonte, lá onde o mar parecia prestes a transbordar, e calou-se. Podia ficar ali para sempre, pedra, estátua de sal, e, quando eu o chamasse, era certo que teria que botar toda a força do mundo para se desgarrar daquele encanto. Aliviada por aquele não ser o instante mais indicado para eu lhe contar sobre a nova moradora da minha casa, um instante que eu adiava, como se algo dentro de mim me soprasse o que estava por acontecer, deitei-me, fazendo o braço de travesseiro, e me pus a contemplar as plumas das nuvens no céu. Pensei em meu pai e na mãe de Thalie, atriz francesa de reconhecidos talento e beleza, que há mais de quinze anos viera ao Brasil para a gravação de um filme, no qual meu pai desgraçadamente fizera uma ponta. E pensei também em minha mãe, que de forma surpreendente nos dera aquela informação sem urrar nem destruir nenhum objeto, e me perguntei o que fora feito dela, aonde fora parar, agora que tinha um motivo concreto para sentir ciúme, ainda que retroativo.

Desci para a beira-mar e saí à cata de tatuís; em cada orifício que se abria na areia, a dureza safirina de um olho me transfixava o coração. Após me certificar de que Demian continuava lá em cima com os olhos pregados no fim do mundo, danei-me a escrever nossos nomes com o dedão do pé na areia úmida, cuidando em apagar "Aglaia e Demian" antes mesmo que a água o fizesse. Depois tornei para junto dele e o chamei. Desenganchou os olhos do mar, ergueu a cabeça e me obser-vou detidamente, como se somente então me visse, e naquele instante compreendi que algo no tom da minha voz me denunciara. Levantou-se, bateu a areia da bermuda, e me seguiu calado.

Caminhamos pela beira-mar em direção ao pontal. Ainda nesse momento não sabia como começar a lhe contar sobre Thalie, com quais palavras narrar uma história que não estava em nenhum livro e que tampouco me pertencia. De súbito, Demian virou-se para mim, olhou-me com desconfiança e quis saber se eu estava doente. Neguei com veemência, e ele, ainda que cismado, passou a falar com entu-siasmo sobre um quadrinho que a mãe lhe trouxera recentemente de viagem; comentou em pormenores a riqueza da narrativa e do traço e de como fora arrebatado pelos Perpétuos, personagens que, de forma original, eram a personificação de circunstâncias da existência huma-na, Sonho, Destino, Morte, Destruição, Desejo, Desespero e Delírio. Os quadrinhos, especialmente os mangás, eram uma de suas paixões. Cheguei a conhecer o *Lobo Solitário*. Naquele tempo, as histórias ainda eram contadas no formato ocidental, de maneira que não experimentei o estranhamento de começar a leitura pela contracapa nem de ler os balõezinhos da direita para a esquerda. Tentei justificar minha falta de empolgação, explicando a Demian que as tramas sinistras, envolven-do fantasmas, espíritos das trevas, poderes sobrenaturais e batalhas sanguinárias, que eu, secretamente, julgava como bizarrices, não me impediram de ir adiante. Convenci-o, depois de exaltar a trama apa-rentemente bem construída — eu não podia dizer mais do que aquilo, já que não conseguira passar do primeiro volume —, de que talvez minha resistência aos mangás decorresse do hábito ou, o que era mais provável, de uma espécie de fidelidade ao gosto literário do meu pai.

Não mentia. Foram os livros que trouxeram meu pai para junto de mim, ou me conduziram até ele. Ao menos por um determinado tempo. Cada vez que dava comigo andando a esmo pela casa, lendo um gibi, ou vendo TV, vinha com o mesmo discurso; eu não deveria perder meu tempo fazendo coisas que limitavam e emburreciam, enquanto os livros estavam bem ali, para ensinar a pensar, a enxergar o mundo como ele era de fato, amplo e diverso. E, no seu jeito absoluto, meu pai determinava: "Vá ler um Machado!", como se no mundo literário só existisse Machado de Assis.

Ao seguir o repisado conselho do meu pai e deitar os olhos sobre meu primeiro Machado, tive que me esforçar para ir até o fim. A história de Helena era mais ou menos parecida com a de Thalie, e, se à época da leitura eu já soubesse da sua existência, por certo teria considerado este como sendo o motivo do desagrado. Não sabia como era possível alguém desgostar de um Machado de Assis, mas eu desgostara. Tardei a derramar aquela vergonha nos ouvidos do meu pai e somente o fiz porque ele me interpelou: "Então, o que me diz?". Para minha surpresa, também tentara ler Helena e não se agradara. Citou outros romances de Machado de Assis, da sua primeira fase, que julgava menores. E acrescentou que não devíamos ler tudo o que nos caía nas mãos, que algumas leituras eram pura perda de tempo e que a vida, curta demais para o tamanho dos nossos sonhos, não merecia ser desperdiçada com bobagens. Então, enalteceu os contos do Machado, "Ah, os contos!", era por eles que eu deveria começar, e já, nem mais nem menos, por "Uns braços". Depois dos contos, que eram muitos, e quase todos mereciam releituras, vinham *Quincas Borba*, *Dom Casmurro* e *Memórias póstumas de Brás Cubas*. Contei-lhe que escutara em algum lugar, provavelmente na escola, que aqueles não eram livros para a minha idade, e ele, sorrindo, falou: "Que tolice, comece e veremos, estarei aqui para ajudá-la."

Os livros que me faziam merecedora da sua atenção eram os escolhidos por ele. Percorria a casa, dos quartos à cozinha, passando pelo corredor e pela sala, de estante em estante, de prateleira em prateleira, em busca de certo romance, peça, livro de contos ou de poemas. Os livros, os lidos, os relidos, e os por ler, eram metidos nos nichos das estantes sem nenhuma ordem de classificação, em um caos de pó e pequenos objetos sem uso. Finalmente, ao encontrar o que estava procurando, comentava algum fato relevante da vida do autor e ainda me alertava para o que considerava significativo no enredo ou na linguagem. Sem contar com as anotações que costumava fazer às margens das páginas. Por fim, rondava-me durante a leitura, ansioso para que eu lhe passasse minhas impressões. Ali, eu tinha meu pai inteiramente.

Naquele dia, tudo o que eu tinha para contar a Demian era uma história proibida. Uma história de mentira e traição. E eu, que tão facilmente o cativara com palavras, não sabia por qual delas principiar. Deveria começar lhe dizendo que em dois dias tudo se transformara em minha vida, que meu coração agora batia em um tom diferente e eu não fazia outra coisa senão pensar nos personagens daquela tragédia particular?

Uma ventania agitava as folhas dos coqueiros e varria a areia, levantando uma nuvem bem fininha, que picava a pele feito agulha, obrigando-me a segurar os cabelos e a proteger os óculos com a outra mão. Talvez fosse chover. Mal dava para enxergar os sargaços manchados dos suspiros de espuma, restos de pescarias, um siri em sua corrida maluca, uma ou outra caravela. Em meio aos cachos selvagens que teimavam em me fugir das mãos, a jangada de pedra, lá longe, cintilava como se fosse de cristal. Há muito não encontrava conchas. Colecionei-as durante anos. Eu as levava para casa e as colocava em um balde com água na área de serviço. Alguns dias depois, eu as transferia para uma panela com água limpa e as deixava ferver por dez a quinze minutos, para que algum resto de tecido morto se soltasse completamente, e, depois de secá-las, eu as lustrava com óleo para bebês, como vira alguém ensinando em um programa de televisão, e, por fim, guardava-as à chave em uma das gavetas da escrivaninha, do mesmo jeito que eu mantinha meus diários longe de olhos curiosos. Não me lembro de como as conchas levaram fim. Minha mãe deve tê-las descoberto e as sacudido fora, assim como os diários, que sumiram na primeira vez em que fui internada. Ao retornar para casa, não os encontrei mais. Apesar de Demian aparecer nos escritos com o nome fictício de Daigoro, meus segredos estavam todos ali. Todavia, não esperneei. Sequer disse nada. Não que eu tivesse me tornado indiferente ao que se passava comigo e ao meu redor. A despeito do tempo e do tratamento, eu não me esquecera de mim. Apenas me faltava energia para esboçar uma reação. Deixara a clínica, mas o abandono vivido lá viera para casa comigo.

Passei a recolher pedras, quando as conchas começaram a rarear. As pedras, assim como as conchas, guardavam o silêncio. As conchas, o do mar; as pedras, o da terra. As mais estranhas, que para mim eram as mais deslumbrantes, foram encontradas em *Saudade*. Todas as pedras da minha coleção tinham nome e história. Uma delas, cor de pele, mosqueada de rosa, lembrava um céu se armando para amanhecer. Dei-lhe o nome de Pedra Anúncio. Orquídea Negra ocultava-se sob um banco de areia, no fundo do córrego que na época das chuvas corria por trás da casa da minha avó Sarita. Vovó presenteou-me com algumas pedras descobertas em seus passeios pelos arredores de *Saudade*. Aurora e Crepúsculo eram as suas preferidas. Uma delas, branca com raios dourados, parecia porejar luz. Eu a chamava Céu de Verão. Demian deu-me Talismã, uma das minhas menores, parda, roliça, brunida como uma pedra preciosa. Não me apartava dela. Levava-a na mochila ou no bolso da calça.

Já entardecia quando Demian me segurou pelo braço e brincou dizendo "Conte-me tudo ou se cale para sempre". Larguei a falar. Primeiro com dificuldade, aos arrancos, como se vomitasse seixos. Aos poucos fui me soltando, e a história da garota que não tinha onde cair morta, e tomara a minha casa, a minha vida e a vida da minha família de assalto, passou finalmente a fluir. Ao final, mal respirava com as palavras se atropelando em minha boca, como se uma comporta houvesse se rompido dentro de mim. Demian me encarava de um jeito esquisito, uma expressão de incredulidade no rosto, os olhos se estreitando cada vez mais, até restarem dois riscos debaixo das sobrancelhas franzidas. Aquela Aglaia lhe era estranha. Conhecia a contadora de histórias, a ouvinte atenciosa, a garota que o fazia sorrir — inacreditável que ele achasse graça com as minhas falas, que enxergasse em mim um senso de humor.

Então, foi a vez de Demian falar, e ele me jogou em um mar de desconcerto. Por que minha raiva soava frívola e vulgar diante dos seus argumentos? Por que o que ele me dizia naquele instante me fazia sentir desprezo por mim mesma? Meus olhos começaram a marejar, mais que depressa eu os sequei na manga da blusa, e tornaram a se encher de água; em um instante o mundo virou um borrão. Sem que eu pudesse evitar, uma lágrima teimosa escorreu por minha bochecha, e eu inventei que um grãozinho de areia acabara de cair dentro do meu olho. Segurando-me pelo queixo, ele me soprou o rosto, e eu pulei para o lado, afastando-me. Acelerei o passo e o deixei para trás.

Demian me chamou e, como eu não lhe respondesse nem me virasse, berrou: "Ei, Aglaia, de que é mesmo que você sente medo?" Encolhi os ombros e segui em frente, o coração em um compasso difícil. No que ele voltou a berrar: "Tem medo de que seu pai possa vir a gostar mais de Thalie do que de você?", estaquei, a fúria e a vergonha me engrossando o sangue nas veias e, ainda de costas para ele, encolhi os ombros novamente. Como se atrevia a falar sobre o que eu não queria ouvir nem de mim mesma? Pois havia algo de terrível ali. Demian não conseguia enxergar minha dor ou, se a enxergava, não se colocava ao meu lado. Desapontada e sem noção de aonde ir ou que respostas lhe dar, esperei que me alcançasse. Empenhou-se, então, em me convencer de que não havia lados, de que as coisas estavam postas daquela forma e que pensar como eu estava pensando era de uma estupidez absurda, além de ser inútil. Thalie existia e não se tratava de uma hóspede indesejada, como eu queria fazer ver, mas de alguém que, naquele exato momento, estava em minha casa como um membro da família.

Àquela altura, já me arrependera de ter aberto a boca. E acabei por me arrepender mais profundamente ao ouvi-lo dizer que em meu pai haveria sempre amor para todos os filhos, pois amor não era coisa que se pudesse contabilizar. Aquilo me pegou pela jugular. Tudo o que eu desejava era que Demian me aquietasse o coração, e o garoto vinha me encarniçar com aquela conversa sobre amor paterno, do qual ele nada sabia? Ah! Demian não fazia ideia do que eu era capaz. Estava certo, eu não podia negar Thalie, mas podia fazer melhor, podia fazer com que as coisas voltassem a ser como antes, bastando que eu perdesse de vista, para sempre, a bastarda de merda.

Demian estacou e encarou-me gravemente. Eu poderia ter falado: "Muito prazer, Demian, agora você tem diante de si a verdadeira Aglaia, a Aglaia Negromonte em sua inteireza", mas não o fiz. Agarrou-me pelos dois braços como um pai agarra um filho malcriado e falou: "Aglaia, como você pode odiá-la se nem a conhece? O que você sabe sobre Thalie, hein?" Aquele nome, em sua boca, atingiu-me como uma chicotada.

Ignorava se Thalie, como minha avó Sarita, gostava de flores ou se, como eu, mantinha um diário guardado a sete chaves. Se tinha o hábito de ler e se o fazia grifando as passagens que mais lhe chamavam a atenção. Se tinha fobia a palhaços ou pesadelos com serpentes. Se em algum tempo sofrera com o uso de aparelho ortodôntico para corrigir os dentes encavalados. Não sabia a data do seu aniversário, sob qual signo nascera, se vestia P ou M, se calçava trinta e seis ou trinta e tantos, se colecionava papéis de carta. Tampouco sabia se dançava balé, nadava, jogava vôlei ou basquete — assim como Heitor, tinha altura para brilhar nas quadras, mas também elegância e leveza para os *demi et grand pliés*. Entre suco e Coca-Cola, pizza e lasanha, milk-shake de ovomaltine e de chocolate, Thalie ficaria com o quê? Que cinema a encantava? Os clichês, mais ou menos divertidos, e que Demian chamava de "emburrecentes", ou os que nos faziam sair do cinema e continuar no cinema? Seria do time das que veneravam Cindy Lauper, Prince, Bon Jovi, Sting? Qual canção ouviria trinta vezes seguidas com o coração derretendo?

Bastarda de merda, sim. Nem mesmo Demian me faria dar meia-volta no que eu dissera. Quem a mandara surgir do nada feito assombração? Quem a mandara existir às nossas costas? Nas tragédias de Shakespeare, morria-se envenenado, degolado, apunhalado, afogado, lancinado. Em minha tragédia, havia tanto do que se morrer! Mas havia um problema. A morte de Thalie não apagaria a lembrança de que um dia ela existira e de que meu pai, ao conhecer uma certa e bela Chloé, esquecera-se da minha mãe, de nós, daquilo a que ele pomposamente chamava de "minha amorável família". No fim das contas, todo mundo fora igualmente traído. Era preciso que Thalie nunca houvesse nascido. Então, como é que Demian vinha me atirar na cara que um dia, não muito distante, eu iria estar pronta para amá-la? Em que estrela estava escrito que eu deveria amar uma pessoa que fora sacudida em minha vida, em quem eu nunca antes botara os olhos?

Já era quase noite quando nos despedimos na calçada do prédio de Demian. Não nos abraçamos, o que sempre fazíamos ao nos deixar. Bem que ele se aproximou nessa intenção; recuei e travei os braços sobre o peito rígido, o coração alerta, como se meu corpo pudesse antever o futuro e me mandar sinais do desastre que um dia mudaria inteiramente o rumo da minha vida.

Voltei para casa da forma como saí, com a sensação de que alguma coisa me escapulia pelos buracos do corpo, de que o chão espapaçava debaixo dos meus pés, de que algo me espremia brutalmente contra mim mesma. Corri para o quarto da minha mãe e me deitei ao seu lado, em calafrios. A cabeça me doía como se cingida por um daqueles capacetes de ferro que os inquisidores da Idade Média usavam para esmagar o crânio dos hereges, e o fundo da boca queimava como se pequenos ouriços-do-mar se agarrassem à mucosa da garganta. Ali mesmo me prostrei. Rumor de vozes, bater de portas, tilintar de pratos e talheres, água escorrendo nos canos, a zoada que subia da rua, música, freadas e buzinas de carros, sirenes de ambulâncias, carros de bombeiro e polícia, tudo me chegava envolto em nuvens de algodão, longínquos como os sons de outro mundo. Ao meu redor as coisas pesavam de silêncio, e em mim concentrava-se um calor seco, ardido, como se labaredas me devorassem as entranhas. Meu coração batucava nos ouvidos. Por cima de tudo, uma presença sem rosto e sem voz erguia-me a cabeça pela nuca, fazia-me beber um pouco de água, leite ou suco, metia-me sob a axila um termômetro, e me empurrava comprimidos pela boca com umas colheradas de sopa. A quem pertenceriam os finos cabelos que me roçavam o rosto, a mão suave que me tocava a testa? Que outra criatura no mundo exalaria aquele cheiro adocicado de laranja-do-céu?

Por que Thalie não se metia com a própria vida e me deixava morrer em paz?

Logo que a febre arrefeceu e eu me senti melhor, certifiquei-me de que minha mãe, Eufrosine e Heitor não estavam em casa. Enfiei na mochila *Coração das trevas*, o walkman, o diário e umas mudas de roupa e escrevi para meus pais um bilhete dramático de despedida, que deixei sobre a mesa da cozinha. Thalie me acompanhou até a porta e, naquele sotaque petulante de quem acha que o mundo é oxítono, quis saber se eu estava bem e aonde pretendia ir. Disse-lhe que estar ou não estar bem não era absolutamente da sua conta, muito menos o lugar para onde eu iria e que a intromissão em minha vida era algo de que eu não gostava nem um pouco.

Chuviscava no momento em que deixei o prédio. Tomei o ônibus no ponto mais próximo de casa e em dois tempos desembarquei na rodoviária, convicta de que o único lugar do mundo que ainda me cabia era *Saudade*. Mesmo não sabendo ao certo como iria conseguir embarcar para lá, busquei o guichê da empresa que vendia passagens para aquela região. A princípio, fiquei por perto, observando as pessoas na fila. Ao enxergar a moça com um livro na mão e fones nos ouvidos, veio-me a ideia. Aproximei-me, e me colocando por trás dela, puxei conversa. Pelos modos e palavras com que me acolheu, imaginei que pudesse se mostrar empática à minha causa. Em um instante tomei coragem para lhe contar que precisava encontrar minha avó com urgência, mas a moça me quebrou a esperança, recusando-se a comprar minha passagem e a se responsabilizar por mim. Falou em crime. Crime? Em que mundo eu me encontrava?

A chuva engrossou. Fui obrigada a tomar outro ônibus de volta para casa. Encostei a cabeça na janela. Pingos de água tremulavam e se desfaziam em fiozinhos que iam escorrendo tristemente pela vidraça. Por trás da cortina de chuva e lágrimas, o mundo ia passando informe, a cidade irreconhecível. Chorei descontroladamente, como nunca antes chorara na frente de estranhos. As pessoas viravam-se em minha direção e me lançavam olhares de receio, compaixão ou desdém. E assim foi, até eu descer do ônibus, o céu chorando comigo. Na rua, larguei a correr com a mochila sobre a cabeça, mas a chuva vinha de cima e dos lados. Ao pisar o hall do prédio, o porteiro me perguntou sorrindo de qual inundação eu escapara.

Thalie abriu-me a porta. Ao me ver saltitando sobre o capacho para fazer a água escorrer, exclamou, em um português atrapalhado: "Olha só o que eu tenho aqui, um peixinho fora do aquário!" Sob o seu olhar espantado, passei voando em direção à cozinha. Dobrado sob a garrafa de café, o bilhete me esperava da forma que eu o deixara. Ninguém dera por minha falta. Abri a geladeira e me empanturrei com os restos de uma macarronada à bolonhesa e um pote de sorvete napolitano. Depois segui para o banheiro, enterrei o rosto na privada e botei tudo para fora.

onze

*Uma força vinda não sei de onde me faz sentar, descer os três degraus
da escadinha colocada na lateral do leito, colocar-me de pé. Descalça,
atravesso o quarto de ladrilhos frios, passo a passo, ora empurrando o
suporte do soro, ora me apoiando nele, e entreabro uma banda da janela.
O ar puro e o calor me varrem o rosto. Entonteço. Meus olhos se desa-
costumaram do mundo. Embaixo, ao pé do muro, flores de um vermelho
escuro amarronzado me fazem pensar em nacos de carne. Flores em
carne viva. Além do pátio, do outro lado da rua, sob a marquise de uma
loja, homens e mulheres amontoam-se em esteiras de papelão. Crianças
correm pela calçada, abordando os transeuntes, que passam sem encará-
-las nem se desviar. Todas esqueléticas, imundas, maltrapilhas.*

Como podem existir pessoas tão miseráveis sob um céu tão claro?

*Um garoto, mais ou menos da minha idade, pernas de caniço, sobe e
desce a rua sem parar, fumando um cigarro, os carros lhe tirando fino
o tempo inteiro. Por um segundo me vem a imagem do garoto dos olhos
de fogo. Ele também usava apenas uma bermuda, e de suas omoplatas
salientes parecia que a qualquer instante lhe brotariam asas.*

Meus olhos queimam e se enchem de lágrimas.

doze

Discordo da minha mãe. Minha vida não foi uma escolha. Não escolhi ser o que sou. Não escolhi a frieza, a repulsa, a crueldade. Não decidi ser relato de caso psiquiátrico. O que determinou minha vida? Uma disfunção cerebral, um defeito nos meus neurotransmissores, pura e simplesmente? O que motivou as ações que me trouxeram até aqui? A não aceitação de Thalie, somada ao erro do meu pai, ao desgosto da minha mãe e ao afastamento de Demian? Será congênita a minha ferida, fruto de uma predisposição genética, ou ela é o resultado do que experimentei nos meus primeiros quinze anos de vida? A vida me empurrou para a escuridão ou eu nasci com a escuridão dentro de mim?

Enfim, somos o que carregamos em nossos genes, ou o que aprendemos a ser?

Teria minha vida sido outra se eu houvesse sucumbido aos encantos de Thalie, se ela tivesse ganhado minha confiança e meu afeto, assim como ganhou dos outros, inclusive da minha mãe que por um certo tempo se manteve arredia, arrastando-se pela casa feito uma menina velha, metida em chinelos atoalhados e camisolas desbotadas, pelejando sozinha com o ciúme, agora que o ciúme ganhara um rosto e um nome, sem que ninguém conseguisse lhe arrancar algo mais do que sussurrados monossílabos?

Fechava-me no quarto para não assistir às exibições de Thalie, mas logo a curiosidade me fazia colar o ouvido à porta. Com a desenvoltura de uma atriz, de uma verdadeira *connaisseuse*, falava sobre o acervo dos mil museus e galerias de arte por onde andara, e igualmente sobre salas de concerto, cineclubes e teatros, e enchia a boca ao descrever *As três Graças,* de Rafael Sânzio, vistas durante uma excursão da escola ao Castelo de Chantilly, e as de Rubens, apresentadas pela avó em uma viagem a Madri, mas que nada, nada podia se comparar a *A primavera* de Botticelli, que os pais de uma amiga a levaram a conhecer na Uffizi de Florença. E se espalhava toda ao contar umas histórias que embasbacavam a plateia, como a vez em que ganhara uma caixinha de música de Emmanuelle Béart — sim, aquela mesma que atuara em *A viagem do Capitão Tornado*, com quem a mãe mantivera relações de amizade. E a viagem que fizera ao Marrocos, com direito a jantar no Rick's Café de Casablanca e audição de "As time goes by", executada ao piano por um senhor muito simpático que oferecera o número à *petite Mademoiselle* Aubert.

De qualquer forma, não precisava se mover ou abrir a boca para ter todos os olhos e ouvidos centrados em si, e isso não tinha nada a ver com sua indiscutível beleza física. Falo de outra coisa. Falo de uma espécie de luz que parecia incidir sobre Thalie, distinguindo-a do restante, como se o seu mundo fosse um palco, e ela, a personagem de um monólogo sem fim. Não, estou enganada. Aquela luz jorrava de dentro dela, refulgindo por sua pele, criando ao seu redor uma capa fluídica, que, embora não pudéssemos ver, era da mesma matéria dos halos que envolviam os anjos. A essência de Thalie era puro brilho, e eu me perguntava se não seria aquele brilho que, como uma barreira, um escudo protetor, preservava-a de maldades e desgraças, vírus e bactérias mortais, inveja e ciúme. E seria seguramente aquela luz que a fazia pisar o chão como se não o pisasse, e se mover pelo mundo como se ele fosse uma criação sua, e ainda assim olhar para as pessoas como se elas fossem suas iguais.

Thalie não precisou usar a capa preta, o chapéu bicudo nem a vassoura voadora. Sem que ninguém atentasse para a magia, pegou uma a uma as pessoas e as trancou em seu mundo sem chave. Gastava horas com Heitor no videogame, dois idiotas a detonar cosmonaves, metralhar carros em alta velocidade, abater androides que se reproduziam sem parar. Feito uma lulu-da-pomerânia, Eufrosine a seguia pela casa, abanando o rabinho e grunhindo de satisfação. Do meu pai, ah!, até me custa falar. Era um *ma chérie* para cá, *ma chérie* para acolá, um arreganhamento de sorrisos que diziam "Estão vendo do que *ma petite fille* é capaz?" E tome textos para ler, e canções para ouvir, a história da Nouvelle Vague a se derramar nos ouvidos da *la plus parfaite lady*.

Thalie reinava.

Não demorou muito, uns dois ou três meses, para que eu começasse a flagrá-la na cozinha, na companhia da minha mãe, uma cortando cebola, a outra picando alho, uma batendo a massa do bolo, a outra besuntando a assadeira, uma lavando, a outra secando a louça. Isso tudo em meio a sorrisos e falas mansas. Minha mãe, que sempre detestou toda e qualquer tarefa doméstica e nunca foi uma autoridade na cozinha, tanto que até as refeições mais básicas eram preparadas com um mínimo de técnica e disposição, anunciou que se dispunha a ter aulas com a *"chef* Thalie". Gigot d'agneau, steak tartare (argh!), canard a l'orange, cassoulet, coq au vin, quiche lorraine, ratatouille, tarte tatin, mille feuille, fondant au chocolat. As almôndegas, que passaram a se chamar boulette de viande, ah!, sou obrigada a reconhecer, eram tão gostosas quanto as da minha avó, e o sauce tomate fraîche, precioso. Poderia comer qualquer coisa, qualquer coisa mesmo, se besuntada por uma camada generosa da confiture de fruits rouges preparada por Thalie. À mesa eu recusava os pratos nos quais ela metera a mão, embora, na madrugada, explorasse a cozinha e atacasse a geladeira sem piedade. Meu pai exigiu que eu me comportasse de forma civilizada, que eu fosse razoável ou que deixasse de me sentar à mesa na hora das refeições. A opção era minha. Como eu não era nem um pouco razoável, nos dias em que ela se metia na cozinha, eu permanecia no quarto, engasgada de lágrimas e pão, pão com queijo, com presunto ou com manteiga e geleia.

Então, veio a festa de aniversário de Thalie.

Em dia de aniversário, minha avó Sarita surgia com um bolo de doce de leite, ou crocante, de amendoim e castanha, os nossos preferidos; às vezes, confeitado com glacê verdadeiro, outras, apenas coberto com uma calda de chocolate e polvilhado com granulados de chocolate colorido e, por cima, um dizer em glacê do tipo "Feliz aniversário", "Parabéns" ou "Amamos você", seguido do nome do aniversariante. Minha mãe, a muito custo, preparava sanduíches, cachorros-quentes e brigadeiros. Para beber, sucos de frutas. Acendíamos uma vela e cantávamos "Parabéns".

Aquele foi o primeiro aniversário festivamente comemorado em nossa casa. A primeira e única festa que tivemos. Uma festa de verdade, com convidados elegantemente vestidos, mesas decoradas com flores, música a todo volume, garçons circulando de um lado para o outro com bandejas repletas de salgadinhos e bebidas.

Meu pai anunciou a festa sem o mínimo espanto por parte da minha mãe, o que significava que tudo havia sido combinado anteriormente com ela. Thalie, a pobrezinha, ai, ai, ai, perdera a avó há tão pouco tempo, merecia aquele carinho. Além disso, não se fazia dezesseis anos todo dia. Definitivamente aquela não era uma data de se deixar passar em branco. Não, mesmo? Como meu pai podia ser tão cínico? Heitor completara dezesseis anos havia apenas alguns meses e ninguém falara em data especial nem em comemoração. Vovó Sarita levara o bolo e, na hora de cantar os parabéns e apagar a vela, ele resistira até em sair do escritório.

O discurso do novo e desvelado pai me fez passar o dia no banheiro. Na boca, um gosto amargo de comida rejeitada.

Minha mãe, coitada, mudou-se para a cozinha. Eufrosine foi obrigada a cooperar, chegando a perder aulas para não deixá-la na mão com os salgados, e eu mal podia crer que aquela fosse minha mãe, a mesma que em nossos aniversários usava todo o empenho possível para aprontar uns minissanduíches de pão de fôrma com patê de atum. Na infelicidade em que eu andava, ninguém se arriscou a me pedir ajuda. Fiquei de longe, espiando a arrumação, ruminando um ressentimento que incandescia meu peito. Thalie? Ah! Essa não moveu um dedo. O desejo do meu pai era que ela ignorasse tudo até a hora da festa, e Heitor recebeu a tarefa de mantê-la longe de casa, em passeios por shoppings, quadras e casas de jogos eletrônicos.

Até hoje estou por saber onde meu pai arranjou dinheiro para financiar aquela festa. Prefiro acreditar nisso a crer na hipótese de que tenha sido minha mãe a custeá-la. Contratou garçons e um DJ para fazer todo mundo dançar, mandou decorar o salão de festas do prédio com um jardim de flores, encomendou bombons de uva, casadinhos, brigadeiros e um bolo de dois andares, além de autorizar a compra de vestido e sapatos novos para a aniversariante. Por fim, recomendou que convidássemos nossos amigos. Eufrosine chamou umas seis ou sete colegas da escola e duas vizinhas com quem costumava se divertir antes da chegada de Thalie. Vieram também uns conhecidos de Heitor da escola e das quadras de basquete, uns colegas de palco do meu pai, com esposa e filhos, e tia Gertrude, que fora convidada pela irmã, surgiu acompanhada de Demian.

Minha avó Sarita, que ainda não conhecia a neta aniversariante e não pôde comparecer à festa por estar adoentada, telefonou. Não cabendo em si de contentamento, Thalie contou que minha avó lhe falara sobre um presente especial que a esperava em *Saudade*. Heitor indagou o que podia ser encontrado de especial naquele fim de mundo, e Eufrosine quis que meu pai ligasse imediatamente de volta e descobrisse com minha avó que presente seria aquele. Roída pela curiosidade, fui depressa perguntar à minha mãe o que achava que poderia ser. Ela passeou os olhos bem longe e disse: "Quem sabe, uma joia, algo que tenha pertencido à sua tia Clara, um anel com pequenos brilhantes, ou uma pulseira escrava, talvez, um cordão com um pingente de coração."

Como uma mulher de outro mundo, minha avó possuía coisas que eu não encontrava em nenhum outro lugar. Em seu quarto havia uma penteadeira com um espelho central fixo e dois laterais móveis que, para meu desgosto, triplicavam minha imagem. Em uma gavetinha da cômoda alta, ela escondia um rosário de prata, uma mantilha branca e um camafeu de coral que haviam pertencido à sua avó, um casal de elefantinhos de cristal e uma pequena caixa de laca que meu avô lhe trouxera de viagem, um pingente relicário que se abria em dois e mostrava fotos dos seus pais, lenços bordados com as iniciais do nome e sobrenome do meu avô e uma caixinha de música onde a menor bailarina do mundo, vestida de tutu cor-de-rosa, sob o olhar regado a lágrimas da minha avó, girava lentamente ao som de *O lago dos cisnes*. As cartas, amarradas com uma fita vermelha, tinham todas o mesmo destinatário, minha avó, e o mesmo remetente, meu avô.

As coisas corriam bem, com todos falando ao mesmo tempo, comendo, bebendo, ouvindo Duran Duran, quando tia Gertrude e Demian entraram. Com um alô coletivo, ela dirigiu-se à copa do salão, onde minha mãe se matava, organizando as coisas, fazendo o melhor para a filha da outra. Chéri, que eu chamava simplesmente de Cachorro, saudou a chegada de Demian latindo e avançando sobre suas pernas. Naturalmente, mesmo que o agressor fosse um cão qualquer, Demian não teria, como eu, resolvido a situação com um pontapé enérgico. Como o bicho pertencia à aniversariante, afrouxou os lábios em um sorriso constrangido e esperou que Thalie o levasse dali.

Foi quando ela se abaixou para pegar o animal e levantou se desculpando, afundando em Demian os olhões de água, que senti o mundo parar e tudo se fazer silêncio. Um silêncio que pairou acima de todas as vozes, risos, tinir de taças e talheres, e afogou a canção de Sade Adu que tocava naquele instante. Desejei que Demian virasse o rosto, que não a olhasse daquele jeito, que não a olhasse mais, que não se deixasse encantar como os outros, mas quase nunca o que eu desejava era o que acontecia, mesmo quando desejava com toda intensidade.

Meu coração dava solavancos.

Por que as coisas que mais tememos que aconteçam acontecem sem que possamos fazer nada para evitá-las?

De tão deslumbrado, tão aparvalhado, Demian não conseguia nem falar. Plantada diante dos olhos dele, Thalie reluzia em toda a graça que se harmonizava com seu nome, nos cabelos de sol poente, nos olhos lavados de mar, na formosura das pernas montadas em saltos que combinavam com o vestido tomara que caia de cor azul, na boca de lábios grossos e avermelhados de batom que, por certo, sabia beijar. Eu nunca beijara ninguém. Temia me atrapalhar no dia em que isso acontecesse, não saber o que fazer com a língua, como acomodar meus dentes dentro de outra boca. A saliva, que eu achava particularmente nojenta, era algo que também me preocupava. O certo é que me faltava graça no coração e no corpo, e uma distância intransponível me separava daquele mundo de perfeição. Como dissera Pistórius a Sinclair, se a natureza me criara para morcego, eu não deveria aspirar a ser avestruz.

Pajeada por meu pai, e sob o incansável olhar de Demian, que mal conseguia se compenetrar no que eu lhe dizia — seus olhos cintilavam no rosto corado, como se uma fogueira tivesse se acendido dentro dele —, Thalie ia de um lado a outro do salão, caminhando como quem tem música dentro de si, exibindo o que meu pai chamava de *joie de vivre*, e cumprimentando os convidados que chegavam, recebendo os presentes, dando atenção a um e a outro.

Podia jurar que todos ouviam o retumbar do meu coração.

Pedi um minutinho a Demian e fugi para a copa. Aproveitando-me da ausência da minha mãe, empanzinei-me com uma dúzia de pasteizinhos de carne polvilhados com açúcar, sob os olhares enviesados dos garçons. Quando retornei ao salão, o choque. De longe avistei os dois, tão próximos, que se ele se inclinasse levemente poderia beijá-la. Demian gesticulava e falava com a mesma expressão febril de quando me contava sobre a estrutura grandiosa de Andrômeda, sob o olhar intenso de Thalie, que o ouvia atentamente, sorrindo e balançando a cabeça de leve. Ele sorria também, o babaca, deslumbrando-se pelas frestas dos olhos. Comeria um crocodilo por ela. E eu podia culpá-lo por aquilo?

Aproximei-me, e eles, que naquele momento conversavam sobre mangás, sorriram vagamente para mim, como sorririam para um garçom que os servisse. Afastei-me sem que percebessem e, sem tirar os olhos de cima deles, fiquei para lá e para cá, qual uma barata ao receber uma esguichada de inseticida — o pior de tudo era estar à parte, não saber do que tanto falavam, do que tanto sorriam.

Em meio aos convidados, com todo mundo feliz à minha volta, eu era um balão cheio até não poder mais. Bastaria o mais leve toque de uma unha para fazê-lo estourar, e meu coração voar pelos ares, escorrer em pedaços sobre os arranjos de flores que ornamentavam as mesas, grudar no vestido das meninas, nos pés dos dançarinos e emporcalhar o bolo de dois andares, enfeitado no alto com uma bonequinha de cabelos dourados.

No estômago, os pasteizinhos tornaram-se indóceis. Escondi-me no banheiro e deixei que se misturassem à água do vaso.

Não consegui ficar para o momento dos parabéns, do apagar das velas, das fotografias. Imagina se eu iria me deixar fotografar à *côté de la plus belle fille*? Recusei-me a ver meu pai envolver Thalie em seus braços e dançar com ela uma valsa cafona qualquer, a assistir aos convidados erguerem as taças e brindarem à vida daquela que eu odiava com todas as minhas forças. Informei somente à minha mãe que estava me sentindo indisposta e que subiria para me deitar. Olhou-me com apreensão e indagou o que tanto eu já comera se a festa começara há tão pouco tempo. Como eu não lhe respondesse, e, atarefada como estava, apenas balançou a cabeça afirmativamente e virou-se para falar com um convidado.

Deixei o salão de festas sem que ninguém notasse minha falta. Aquela era uma das vantagens de ser invisível. À porta de casa, tropecei em Cachorro e por pouco não me esborrachei no chão. Aprumei-me e o chutei com violência. O bicho ganiu e se afastou encolhendo o rabo. Naquele instante, imaginei o que seria uma boa ideia. Na mesma noite, ela começou a ganhar forma, e quando, muito mais tarde, a aniversariante e Eufrosine entraram no quarto, cochichando e tapando a boca para sorrir, eu já me decidira.

Thalie fazia bonito? Pior para ela. Seu único defeito? Existir.

No meio da manhã do dia seguinte, fugi da escola e, em apenas quinze minutos, entrei sorrateiramente em casa. Só meu pai se encontrava, como sempre guardado no escritório. Seduzir Cachorro com um pedaço de brócolis foi mais fácil do que eu imaginara. Coloquei-lhe a coleira e descemos pelas escadas. Mantive-o com a boca ocupada, até o instante em que o porteiro se afastou do seu posto, o que não demorou a acontecer. Logo alcancei a rua, levando o bicho para um longo passeio sem volta.

A princípio, não desconfiaram de mim. Procuraram o animal pelo prédio e pela vizinhança, telefonaram para um monte de pessoas, e meu pai pôs anúncio no jornal com a promessa de recompensa financeira para quem o encontrasse. Ninguém avistara o cachorro de Thalie.

Foi Heitor quem primeiro considerou a possibilidade da minha interferência naquele desaparecimento. Conversou com minha mãe e ela não lhe deu ouvidos. Já meu pai me interrogou com firmeza. Obviamente eu não confessaria o inconfessável. Cheia de segurança, neguei com veemência. Heitor conseguiu convencer Eufrosine de que teria sido eu a dar fim ao Cachorro, e ela passou a me espreitar com olhar duvidoso. Gostava do animal. Na companhia de Thalie, levava-o para passear e fazer cocô, e juntas lhe davam banho na área de serviço e se embolavam com ele pelo chão, na maior imundície.

Infeliz demais para suspeitar de quem quer que fosse, Thalie não chegou a cismar comigo, embora eu acredite que, mais tarde, com o desenrolar dos acontecimentos, tenha considerado seriamente a probabilidade da minha culpa.

Eu mal podia gozar a sua desgraça. No que aquele segredo inchava dentro de mim, eu me trancava no banheiro e me liquefazia pela boca ou ia para a rua, com uma alegria triste e insana a me fazer saltitar e sorrir para o nada, "Bem feito, bem feito, bem feito", ao mesmo tempo que olhava o mundo com os olhos marejados, o coração rolando sobre cacos de vidro, a Coisa me calcando o estômago, chutando-me as costelas.

A saga canina acabaria aí, se Heitor não houvesse especulado minha vida na escola e descoberto que, justamente no dia do sumiço do Cachorro, eu me ausentara na metade da manhã, deixando de assistir às três últimas aulas. Desenrolei meu álibi, dizendo que viera para casa mais cedo por conta de uma cólica menstrual, e minha mãe fez de conta que acreditava em mim, tomou minha defesa com o argumento de que isso já ocorrera outras vezes e que eu, a sua menina sensível, jamais seria capaz de um ato estúpido como aquele. Uma coisa inexplicável era que, mesmo quando eu não deixava a mínima pista da autoria do meu malfeito, minha mãe sempre adivinhava que tinha sido eu. Os corretivos, fracos ou mais ou menos rigorosos, sujeitavam-se ao seu estado de espírito. Se estivesse de bem com a vida, e vida significava meu pai, ela não dava tanta importância ao que eu fizera, por mais que aquilo lhe parecesse reprovável.

Naquele dia, apenas me chamou de lado e disse que as coisas logo voltariam a ser como antes, mas para isso eu precisava colaborar. Ela não conseguia enxergar o que se passava ali? Como podia fazer de conta que nada estava acontecendo? Como era capaz de suportar aquilo? Não, não, não. Jamais recuperaríamos o que havíamos perdido. Minha mãe procurou acalmar-me com palavras que seriam adequadas se não fossem inúteis, se não me soassem como mais uma evidência de que Thalie conquistara, também, um lugar espaçoso em seu coração.

De qual coração, à exceção do meu, ela ainda não se apossara? Na escola, entrosara-se com as meninas da sua turma e até com as mais velhas, que a lambiam como se ela fosse uma bezerra sagrada. Lembro-me de certa manhã em que, instalada na área atrás dos banheiros que dava para uma quadra de esportes vazia àquela hora, pude ouvi-las em revelações sobre seus relacionamentos com os garotos. Soube, então, que não se restringiam aos beijos. Todas iam mais longe. Muito longe. Eu nunca tinha ido a lugar nenhum. Parecia que essa ignorância estava tatuada em minha testa, pois, um dia, no intervalo de uma aula, uma colega, que vez ou outra surgia com uma mancha cor de berinjela no pescoço, dirigiu-se a mim com ar petulante: "O que está olhando, Aglaia, nunca viu um chupão, ou você nunca teve um namorado?" Devo ter empalidecido, porque a sensação era de que meu sangue correra todo para os pés. Ninguém estranharia se eu a houvesse insultado, "Idiota, idiota, idiota", mas a surpresa e a humilhação me taparam a boca, e eu apenas me afastei debaixo de uma saraivada de risos. Nos filmes e livros, o sexo confundia-se com o amor, e o amor, ah!, o amor era muito maior do que a banalidade que eu acabara de ouvir.

Dois anos antes, Heitor me garantira que nossos pais se trancavam no quarto para transar, que transavam todo dia, que transavam porque era bom e todos os casais do mundo faziam a mesma coisa. Eu, que até então acreditara que meus pais haviam transado apenas três vezes, e achava embaraçoso demais imaginá-los naquelas manobras carnais para nos fazer existir, cobria as orelhas com as mãos e gritava: "Não me enche, seu babaca, não me enche!" Se era difícil ficar sabendo que transavam simplesmente para se divertir, mais difícil era estar a par de que transavam com outras pessoas.

Apurei os ouvidos quando uma das colegas de Thalie pediu a atenção de todas para um bilhete que recebera do namorado naquela manhã. Um bilhete rico em detalhes íntimos — detalhes que, embora inexatos, iam muito além do que eu ouvira na aula de Ciências em que o professor explicara a anatomia e o sistema reprodutor humano. E, embora perfeitamente assimilável, aquele assunto, ao menos para mim, continuava envolto em uma aura de mistério, como se o essencial passasse a distância de explanações didáticas e de imagens encontradas nos livros.

Enquanto a garota ia lendo o bilhete, dentro de mim a Coisa batia as asas com alarde e me dava bicadas cada vez mais rápidas entre as pernas. Uma onda quente ia se espalhando pelo meu corpo. Como seria quando chegasse a minha vez? Um dia, não fazia muito tempo, ao tirar a calcinha, enxergara com horror a mancha escura com aparência de sangue pisado e cheiro penetrante, como se um bicho brutalmente marretado se deteriorasse dentro de mim. Junto com a nódoa na calcinha, vieram a pressão no ventre e a sensação torturante de longas agulhas me varando as entranhas. Desde então, meu sexo passara a exalar um odor semelhante ao das frutas que faziam lama sob as árvores do pomar da minha avó. Temia que as pessoas à minha volta pudessem senti-lo. Bastava que eu me abaixasse para calçar as meias ou amarrar os cadarços dos tênis, deitasse a cabeça sobre os joelhos e abrisse ligeiramente as pernas para ser invadida por aquele cheiro agridoce, morno, intenso.

A leitura do bilhete alvoroçou as meninas, que passaram a pormenorizar as suas experiências. Eu não conseguia alcançar o sentido de tudo que diziam, como se falassem através de códigos. Em um determinado momento, quiseram saber de Thalie, e ela, gargalhando maliciosamente, disse: "Ah, não, assim vocês me constrangem." As garotas não insistiram, e eu, que esperara ouvi-la confessar *faire des câlins* com os garotos franceses, retirei-me dali confusa e frustrada.

Ao contrário de mim, Heitor e Eufrosine não se importaram com o fato de Thalie ter nos chegado inesperadamente e sem folheto de instruções. Às vezes eu me perguntava o que havia nos genes dos meus irmãos que lhes garantia a habilidade para aceitar o inaceitável. No fim de tudo, somente eu fiquei fora do círculo mágico de Thalie, espionando a distância seus rituais que, embora não fossem do tipo macabro, enchiam-me de um sentimento indefinido, uma mistura de inquietação e tensão exasperada. Não era medo. O medo nunca foi uma emoção que me dominasse — verdade que, desde menina, tenho fobia a serpentes e palhaços. Mas não se trata de medo, e sim de uma incapacidade de me aproximar de tais criaturas, de enxergá-las por um segundo sem ser invadida por uma sensação violenta de repulsa, os engulhos me convulsionando o corpo, como se línguas de serpentes, milhares, resvalassem sobre minha pele, como se olhos de palhaços me lambessem as entranhas.

Achava curioso que as pessoas sentissem medo de altura, escuro, espaços abertos, espaços fechados, temporais, agulhas, insetos, aves, e o que eu julgava mais esdrúxulo, medo de flores, algo que, ao menos em tese, deveria ser motivo de alegria. Demian, que tinha explicação para um tanto de coisas, disse-me uma vez que, ao contrário do que quase todo mundo pensa, nem todas as nossas fobias são adquiridas, algumas são genéticas, e os cérebros identificam padrões que representaram perigo ou aversão para os nossos mais remotos ancestrais. Então, quando eu sonhava com serpentes, acordava mal e passava o dia inteiro com o pensamento amarrado à imagem asquerosa, era porque lá atrás, há milhares e milhares de anos, um parente primata não fora capaz de enfrentar o demônio nojento que deslizava pelas paredes rochosas da sua caverna.

Até aquele momento ninguém resistira à mocinha de olhos azuis e cabelos dourados, que sorria como se sorrir fosse o propósito primeiro de uma boca, cantava "Tous les garçons et les filles", com biquinho à la Françoise Hardy, e com voz suave discorria sobre a experiência de ser sócia do Greenpeace. Ambientalista? Estive a ponto de colocar um babador em Demian, no dia em que ela falou longamente sobre morsas, búfalos e baleias, rios poluídos, testes nucleares e navios petroleiros. Foi logo depois da maldita festa de aniversário. Estranhei a aparição de Demian no meio da tarde, ele quase nunca ia me encontrar em casa. Eu estava no banho e, ao sair, ouvi vozes lá fora. Custou-me acreditar que aquele riso de cachoeira vinha dele, e duvidei dos meus olhos ao vê-lo sentado no sofá da sala, bem acomodado ao lado de Thalie, que sonsamente nos chamou, a mim e a Eufrosine, para lhes fazer companhia.

Não sei como suportei vê-los engatar uma história na outra, como se fossem amigos de longo tempo. Thalie arregalava os olhos para os saberes de Demian, sem acreditar que alguém pudesse mesmo atravessar o tempo e pousar no futuro. O passado e o futuro, tudo ilusão? Já escutara aquilo milhares de vezes, e podia supor o que se passava naquele instante pela cabeça de Demian. Mas ele não podia dizer à Thalie, ainda não, que a física quântica explicava o fato de os dois já estarem mortos de paixão um pelo outro, quando sequer imaginavam que um dia iriam se conhecer, e de ninguém ser capaz de impedir que acontecesse o que já acontecera, porque o tempo, uma dimensão particular, não passava igualmente para todos, não sendo possível fazer escolhas, por mais sensatas que fossem, nem definir o futuro, o futuro escrito na pedra.

Alarmada com o fosso que se abria entre mim e Demian — nunca antes, nada nem ninguém se colocara entre nós —, limitava-me a virar a cabeça para um lado e outro, com um sorriso vazio plantado nos lábios, incapaz de fazer um único comentário que justificasse a minha presença entre eles. O que mesmo eu estava fazendo ali? A Coisa, em piruetas, apoiava-se na boca do meu estômago e me socava com uma ferocidade até então desconhecida. Ainda assim, repeti o lanche que minha mãe arrumara caprichosamente sobre o centro da varanda, sanduíches de queijo prato, suco de uva e biscoitos de maçã com canela. A tarde espichou-se, longa como outra vida, e quando Demian saiu já era noite, quase hora do jantar. Jantei duas vezes e vomitei em intervalos de minutos até a hora de dormir.

Aquela foi a primeira das inúmeras visitas que ele passou a fazer a Thalie.

Enquanto uma parte de mim implorava que eu os evitasse e não os encontrasse juntos, outra parte, despeitada e amarga, exigia que eu não os perdesse de vista, presenciasse cada um dos seus movimentos e escutasse com atenção cada uma de suas palavras, como se, assim, eu pudesse impedir de acontecer o que já acontecera. Prometia-me não sair de dentro do quarto, mas me bastava ouvir o tom confiante da voz de Demian, a cascata do riso de Thalie, para chispar em direção à varanda, o coração no embate com as trevas. Entre uma e outra fala, os olhos de um afundavam nos olhos do outro, como se eu e Eufrosine não estivéssemos ali, como se no mundo existissem apenas os dois. Atônita, eu me perguntava como ele era capaz de se comportar daquela forma insensível e me tratar tão cruelmente, encarando-me com os olhos brilhantes, limpos de culpa — muitos anos se passaram antes que eu compreendesse por quê. Tão simples. Demian desconhecia meu amor por ele.

Passado algum tempo, porém, de um dia para o outro, desapareceu da nossa casa. Começou, então, a fase *flâneur* de Thalie. Nas tardes em que saía, a pé ou na bicicleta de Heitor, para aqueles passeios demo-rados, sempre com a mesma desculpa de ir à casa de uma colega para estudar, eu me postava na varanda, de onde podia enxergar um pedaço da rua por onde, a qualquer momento, ela surgiria de volta. Respirando precariamente, esperava ali, sem me mover, a tarde inteira e mais o começo da noite, e me perguntavam, Eufrosine apenas pela mania de perguntar, e minha mãe na suspeita de que algo não ia bem comigo, "O que faz plantada aí, Aglaia?" Eu respondia "Nada", mas minha mãe não desistia, "Por que não vai estudar, ou ler, ou dar uma volta?", então eu dizia "Porque me falta vontade". Não mentia. Faltava-me vontade para tudo e qualquer coisa. Não conseguia sequer ir adiante na leitura do Hermann Hesse, que meu pai descrevera como extraordinário e eu aceitara ler especialmente por conta do título.

Descobria-me mais sozinha do que nunca.

Demian me telefonava uma vez ou outra, "Menina, como você anda sumida!" Como assim, sumida? Não me mudara de casa nem de escola, tampouco viajara. Do que mesmo ele estava falando? Se pensava em me tapear com aquelas ligações de segundos, era preferível que desaparecesse de uma vez, por favor! E, se ainda apreciava a minha companhia, se continuávamos a ser amigos, então, por que não me convidava mais para pedalar ou caminhar à beira-mar? Não me atrevia a lhe dizer o quanto aquela separação me magoava — nas raras ocasiões em que nos víamos na escola, ele se mostrava distraído, prestando pouca ou nenhuma atenção no que eu me empenhava em falar, e inquieto, uma felicidade clandestina a bailar no aperto dos olhos.

Com o coração na cadência errada, eu me perguntava aonde fora parar a cumplicidade que em um passado recente nos fizera estar juntos na palavra e no mais puro silêncio.

No fundo, eu sabia. Sabia tudo. Mas, ainda assim, adiava o instante da certeza, como alguém que, já na dor da ausência, continua assistindo às manobras inúteis dos médicos para adiar a morte de uma pessoa querida e, já no luto, espera por algo que sabe impossível.

treze

Arrasto-me até o banheiro. Acima da pia, a marca retangular na parede me conta que o espelho foi levado daqui recentemente. Meu rosto não merece ser visto. Basta tocá-lo de leve para imaginar os hematomas, arranhões, talhos. Posso sentir, sob as pontas dos dedos, o nylon da sutura no rasgão maior, que me atravessa o rosto de um lado a outro. Os policiais, os médicos e sei lá mais quem, talvez assistentes sociais ou psicólogos que foram chamados para me avaliar emocionalmente, disseram para eu não me preocupar, vai ficar tudo bem. Não sabem de nada, os otários, e ainda se mostram otimistas. Que não me venham pedir outra vez para eu falar de mim, do que me aconteceu ou de qualquer outra coisa. Como podem ser tão cruéis? Não veem a ferida aberta em que me tornei?

Feridas abertas não falam. Feridas abertas sangram.

catorze

Todas as manhãs, antes mesmo de abrir os olhos, meu pensamento focava-se em Thalie. Seguia para o banho acossada por sua imagem. Vestia-me e me calçava e me penteava com a cabeça saturada de Thalie. Tomava café da manhã e caminhava para a escola e assistia às aulas e voltava para casa com ela encravada em mim feito uma farpa gigante. E assim atravessava o resto da tarde. À noite, quando vinha a hora de dormir, o último pensamento do dia ainda se enchia da sua presença.

Em meio a essa agonia, meu pai decidiu visitar vovó Sarita, que havia meses nos esperava. Na verdade, esperava a neta ignorada por dezesseis anos. Esperava-a com o misterioso presente de aniversário.

O sítio da minha avó estava a dois quilômetros e meio de Lajedo dos Ventos, uma cidadezinha minúscula situada a exatos cento e oitenta e dois quilômetros da nossa casa. Nos meses mais abafados, sem nenhuma nuvem no céu, caminhar pelas ruas de lá era o mesmo que meter a cabeça em um forno aceso. O ar cheirava a terra quente e chamejava na pele, nas narinas, nos olhos.

Meus pais não compreendiam como vovó Sarita, podendo viver junto à família, escolhera enfiar-se no que eles chamavam de caixa-pregos, um buraco provinciano onde nada acontecia. Eu compreendia. Nos lugares onde nada acontece, conferimos mais atenção ao que acontece dentro de nós. E, pelo que eu conhecia da minha avó, havia muito dentro dela que merecia a própria atenção.

Com uma rua principal asfaltada, que na realidade era a rodovia que a cortava, Lajedo dos Ventos, tal qual uma cidade cenográfica, começava na igreja, com o átrio voltado para uma praça sombreada de algarobas, e terminava adiante, menos de um quilômetro em linha reta, em um largo onde todo sábado feirantes armavam barracas. Do lado esquerdo da rua central, viam-se o prédio da prefeitura e alguns estabelecimentos comerciais, como padaria, mercadinho, farmácia, sapataria, uma loja de ferragens, outra de tecidos e roupa de cama e mesa. Do lado direito, a agência dos correios, a casa lotérica, a sorveteria, o único hotel da cidade — que funcionava como ponto de parada para os transportes de passageiros — e o bar com as mesas de pebolim e sinuca. As casas, coladas umas às outras, com pequenos jardins e terraços com redes, espalhavam-se pelas ruas paralelas e transversais, quase todas de terra batida. Em uma delas, a cadeia pública destacava-se, com paredes largas de prédio antigo e barras de ferro nas janelas altas. Uma única vez, a caminho da casa da costureira de vovó, passamos em frente, ocasião em que ela me contou sobre um homem que estava encarcerado ali havia mais de vinte anos, por ter matado e comido a carne de uma garota da minha idade. Naquela noite, acordei engalfinhada com o assassino, seus olhos de cão faminto arpoados nos meus, e me vi desgraçada na carne da menina morta.

Àquela altura, eu ainda não começara a morrer. Desconhecia a fúria da morte, o quanto bastava para ela me tragar. A morte passava-me a distância, assim como a superfície da lua e as dimensões imensuráveis dos buracos negros. Nunca fora a um velório ou a um sepultamento. A morte só me interessava na conjuntura das histórias que eu lia ou daquelas às quais assistia no teatro ou no cinema. Dramatizada, quase sempre vinha acompanhada de música, o que a tornava solenemente bonita. Também a vislumbrava nas fotografias da minha tia Clara, dos pais da minha mãe, do meu avô paterno, sepultado no cemitério de Lajedo dos Ventos, onde minha avó me levou um dia.

Vovó Sarita acreditava que cemitérios eram lugares como praças ou parques, onde se podia passear entre renques de perfumados eucaliptos, ouvindo o canto de passarinhos. Por toda parte, porém, as cruzes, os jazigos, os olhos pétreos dos anjos me diziam o contrário. Como me esquecer de que o corpo do meu avô e o de pessoas que eu não conhecera — mas que, algum dia, andaram pelo mundo vendo o que eu via naquele instante, e se alegraram e se entristeceram, amaram e odiaram — agora apodreciam embaixo da terra, servindo de alimento para os vermes? Vovó assegurou-me de que meu avô pairava em algum espaço santo acima de nós, e os ossos, músculos e articulações de que se fizera não eram mais ele, tampouco era ele a matéria orgânica putrefata em que sua carne se transformara. Em algum tempo, séculos talvez, seus ossos se desmanchariam, e aquilo que fora o corpo do meu avô se transformaria em pó. Nada mais nada menos. Pó. E aquilo era a morte.

A única coisa que poderia me desviar a atenção dos mortos seria as inscrições nas lápides, mas ali não havia nenhuma interessante. Minha mãe horrorizava-se a cada vez que meu pai proclamava o próprio epitáfio, um verso de Baudelaire, "Porque o túmulo há sempre de entender o poeta". Demian emoldurara a fotografia que tia Gertrude, em viagem a Paris, fizera da lápide no túmulo de Jim Morrison, e lá estava, em uma das paredes do seu quarto, *Kawa Ton Aaimona Eaytoy*, que se traduz como "Queime seu demônio interior". Para o meu túmulo, tomei emprestado o belo epitáfio de Jean Valjean, "Morreu quando perdeu o seu anjo". Meu túmulo sou eu. Carrego comigo a minha lápide, que também ficaria bem com um verso de Cecília, "Se eu nem sei onde estou, como posso esperar que algum ouvido me escute?"

De três em três dias, mais ou menos, vovó Sarita deixava *Saudade* e tomava uma estradinha de terra que terminava na lateral do posto de saúde, na entrada de Lajedo dos Ventos. Fiz essa caminhada em sua companhia algumas vezes. Magra e de pernas firmes, andava depressa, do jeito de quem sabe para onde está indo, e eu tinha que me esforçar para acompanhar o seu ritmo. Não sei precisar a idade da minha avó por esse tempo, mas imagino que estivesse na casa dos sessenta anos. A pele, manchada de pequenas pintas castanhas, tão incontáveis quanto as estrelas no céu, era fina como papel de seda; em torno dos olhos, as inúmeras e mínimas rachaduras lembravam um terreno estorricado. Usava os cabelos soltos à altura dos ombros, o que lhe dava um ar juvenil, ainda que eles se mostrassem em sua cor natural, cinza-claro, quase branco.

Terna e bem-humorada, minha avó era uma mulher de opiniões firmes e de uma vitalidade invejável. Rosiel, seu vizinho de sítio, afirmou um dia que nunca conhecera uma mulher mais distinta do que ela. Talvez porque o tratasse com respeito e delicadeza, modo a que não estava habituado. Foi ele quem ensinou minha avó a atirar com uma espingarda de cartucho, usada em outros tempos para caçar arribaçãs e que ela escondia embaixo do colchão. Sempre que era acordada por algum ruído suspeito, escancarava a janela e atirava para o alto.

De fato, distinção dizia muito da minha avó. Ao seu lado, o mundo recendia à luz. Quando caminhávamos pelas ruas de Lajedo dos Ventos, os moradores a paravam para lhe oferecer serviços, sorrisos, palavras gentis ou pequenos mimos, como uma muda de capim-santo, uma fatia larga de bolo de milho, uma penca de bananas-da-terra. Podia jurar que minha avó conhecia, um a um, todos os dois mil e poucos habitantes do lugar, pessoas simples e tão ligadas às coisas da natureza quanto ela — o que explicava seu estranho costume de olhar para cima, fosse dia ou noite, e observar o volume, a tonalidade e a direção das nuvens, o movimento das estrelas, a cor do céu na hora do amanhecer e do crepúsculo, a localização dos arco-íris, o brilho ou a palidez da lua; as coisas embaixo dos pés ou acessíveis ao toque das mãos pareciam importar menos do que aquilo que se passava acima da cabeça.

Às vezes, debaixo de um sol escaldante, e para minha agonia, a conversa entre vovó Sarita e um dos seus conhecidos prolongava-se. Não me passava despercebida a atenção com que os ouvia. No rosto, uma expressão divertida quando lhe contavam tolices, ou aflita, quando o assunto era doença grave, desamor ou outro tipo de desgraça. Com frequência, pediam-lhe conselhos, que ela dava sem nenhuma afetação, ar de autoridade nem discurso professoral. Nascera para ser amada, e obedecida, porque sabia o que era melhor para um e para outro e, principalmente, para ela mesma.

Achava a maior bobagem meu pai enxergar aquelas caminhadas entre *Saudade* e Lajedo dos Ventos como loucura e sugerir, todas as vezes que se encontravam ou se falavam por telefone, a compra de um carro — encerrado no universo de cenários fictícios, de palavras que não diziam da sua própria vida, era incapaz de compreender os prazeres reais experimentados pela mãe. Ela também considerava tolice a preocupação do meu tio Hermano, que via como perigosa a vida de mulher sozinha em lugar afastado. Conhecida e respeitada por todos, adorada como era, eu não acreditava que minha avó pudesse ser importunada ou sofrer qualquer tipo de agressão por um morador dos arredores. Quando minha mãe me esclareceu que a apreensão de tio Hermano era com os forasteiros, continuei firme na crença de que ela se mantinha protegida de todo e qualquer ato de maldade. Além do mais, coragem de enfrentar o que quer que fosse não lhe faltava.

Quando meu avô ainda era vivo, *Saudade* era guardada por Bóris, seu pastor-alemão, de pelagem rajada em tom preto e amarelo-acastanhado — havia uma fotografia de tia Clara segurando-o pelas patas dianteiras, como se dançassem. Com a morte do dono, o cachorro deitou-se ao lado da cadeira de balanço do meu avô, a cabeça sobre as patas, recusando-se a comer, e esperou que ele retornasse. Como isso não aconteceu, Bóris acabou tendo a mesma sorte que o dono.

Em nossos passeios, minha avó ia me apontando as coisas e me informando o nome de cada uma. Borboletas de asas psicodélicas e nuvens de minúsculos insetos volteavam sobre as flores que bordavam o campo, em formato de coração, sino, campânula, estrela, sexo de mulher, sexo de homem, e algumas eram carnudas como nhoques; outras, arredias, fechavam-se ao toque da ponta do dedo. Havia também as vaidosas, enfeitadas de penachos e pompons, as flores que davam sorte às noivas que as carregassem no dia do casamento e ainda aquelas que, uma única vez por ano, desabrochavam pela manhã para murchar à noite. De árvores, minha avó conhecia outro tanto; cada uma com sua característica peculiar. Choravam pelos brotos, escondiam colmeias no tronco oco, desprendiam nuvens brancas de sementes voadoras ou tinham na casca propriedades medicinais — uma dessas minha avó usava para fazer um chá que dissolvia pedras em sua vesícula. Espinhentas, entouceiradas, lenhosas, floridas, de troncos lisos ou com textura estranha — uns eram ornados de bolotas de resina, outros se rasgavam feito folhas de papel —, de copas que lembravam guarda-chuvas, luminárias ou espanadores. Encantava-me com o nome das árvores, dos arbustos e das plantas de menor porte: sansões-do-campo, chuvas-de-ouro, damas-da-noite, patas-de-vaca, beijos-de-frade, lágrimas-de-nossa-senhora.

Um dia, ela me mostrou uma árvore de frutos medonhos. Pendurados de cabeça para baixo, morcegos aguardavam o dia minguar para ganhar o mundo em voos que nos rasavam a cabeça em noites de alpendre, o que me fazia desembestar casa adentro e me enfiar no primeiro cômodo de teto forrado e janela telada, batendo a porta com um estrondo do tamanho da minha repulsa.

Minha avó reconhecia as aves que voavam em formação no céu de *Saudade* e outras que, chocando seus ovos ou alimentando os filhotes no ninho, soltavam uns piados, que ela garantia serem de satisfação. Os gorjeios anunciavam o papa-capim oculto no capinzal, o casaca-de--couro abrigado na copa frondosa da ciriguela, o zidedê e o pintassilgo empoleirados nos galhos de uma jaqueira. Nambus contentavam-se em assobiar, pois aquele trinado breve não podia ser chamado de canto, tampouco o "uú-uú-uú" metálico das rolas-vermelhas. E havia os galos-de-campina, que cantavam mais ao amanhecer e ostentavam um topete de plumagem vermelha.

Na natureza, nada era feio, nada era triste. Nada era menos que a verdade. A natureza me fazia sentir parte de um todo, ao contrário da cidade, que me distanciava de mim, que me desancorava. Cada vez que caminhava pelas ruas — cheias de gente, carros, ônibus, fumaça de escapamentos, buzinas, guinchos de freios, vozes, letreiros, semáforos — ou que me movia em filas para o cinema e o lanche nos shopping centers, era tomada por um sentimento nebuloso, uma ansiedade ameaçadora que me comprimia o peito. A Coisa chiava dentro de mim como uma válvula de pressão. As pessoas... Ah! Faziam parte de uma realidade que me pesava como uma tarefa para a qual eu nunca estava suficientemente preparada. As pessoas eram prisões. Às vezes me davam vontade de sair gritando e quebrando coisas. Preferia-as a distância, nos livros, na tela, no palco — e, nisso, era obrigada a reconhecer, não sem tristeza, eu me assemelhava a meu pai.

No tempo em que minha avó ainda não voltara a viver em *Saudade*, não tínhamos aonde ir nas férias nem em fins de semana prolongados. Uma casa na praia durante o verão, banhos de mar, pescarias de arrasto em noites de lua cheia e cochilos em rede na varanda eram parte de um sonho da minha mãe. Ela o expressava debaixo de um silêncio opressivo, porque sabíamos que jamais iria conseguir concretizá-lo, pelo menos enquanto meu pai não fosse capaz de dividir com ela, regularmente, as despesas com a casa, conosco e com ele mesmo. A menor das viagens envolvia gastos, que não podíamos ter. Estou certa de que ele não se preocupava com aquela impossibilidade. Sozinho e sem botar um pé fora do escritório, fazia as suas singularíssimas viagens. Minha mãe se queixava de ter uma sogra autoritária e controladora, difícil de aturar, e esfregava isso na cara do meu pai a cada vez que discutiam. Mas era com alegria que arrumava as malas para ir a *Saudade*, onde se dava ao luxo de acordar e permanecer na cama até a hora que lhe apetecesse, além de encontrar as refeições à mesa, sem mover um dedo. Gostava de flanar pelos campos — sozinha ou com os filhos, e mais raramente na companhia do meu pai —, livre de quaisquer obrigações e cumprimento de horários.

Passávamos em *Saudade* as férias escolares do meio do ano. Chovia nesse período quase sempre à noite, e os açudes transbordavam. No córrego por trás da casa corria água límpida sobre seixos brancos. O campo abarrotava de flores e a copa das árvores mal podia com as folhas. Fazíamos longas caminhadas, todos juntos, colhíamos frutos e nos banhávamos no riachinho, com as piabas a nos beliscar as pernas. Meu pai era obrigado a dar as caras. Saía para pescar com Rosiel, jogava canastra com vovó e minha mãe e contava histórias, embora fossem sempre as mesmas.

Nas férias de dezembro permanecíamos em casa, e era minha avó quem viajava para passar as festas de Natal e Réveillon conosco. Fim de ano significava longos dias à toa, mais leituras, mais passeios na companhia de Demian, mais discussões por motivos fúteis com Heitor, mais lanches entre uma refeição e outra. Além de ajudar minha mãe nas tarefas domésticas, o que ocorria normalmente, Eufrosine e eu não escapávamos de pôr os armários em ordem, lavar caprichosamente os banheiros, passar a vassoura atrás de móveis pesados, bater os tapetes, colocá-los ao sol e espanar o teto de todos os cômodos, abatendo as aranhas e suas lindas teias. Isso me dava o maior dó, porque uma teia de aranha me parecia a coisa mais engenhosa e delicada do mundo e, ao menos para mim, a perfeição chegara até ali.

Viajamos a *Saudade* em uma sexta-feira à tarde para um fim de semana. Heitor teve que se arranjar na casa de um colega de classe, pois o carro não acomodava mais a família, e Thalie tinha prioridade, meu pai alegou, ao menos naquele instante, por ainda não conhecer a avó e o lugar onde ela morava. Geralmente gastávamos um pouco mais de duas horas para chegar lá; a última meia hora, subindo em curvas.

Finalmente, mais para o fim da tarde, entramos em Lajedo dos Ventos. Ao fim da rua principal, dobrando à direita no posto de combustíveis, meu pai tomou a estrada de terra batida, ladeada por árvores cujas copas se enredavam formando um túnel verde, por onde escorriam uns fiapos fulvos de luz que sarapintavam o caminho. Logo estávamos diante do imenso portão de madeira. Minha mãe mandou que uma de nós descesse para abri-lo. Nem eu nem Eufrosine nos mexemos. Thalie desceu aos pulos, como se o seu presente de aniversário estivesse por trás do portão, escancarou-o e, ainda saltitante, voltou a se enfiar no carro. Mais adiante, depois de uma curva longa e aberta, surgiu a casa, e Thalie abriu-se em um "Ó!" desmedido, como se, pintada de azul clarinho, com janelas e portas de um azul mais escuro, não fosse uma casa como outra qualquer, antiga mas bem conservada, galhos de acácias pendendo sobre a parte baixa do telhado.

Meu pai estacionou o carro na área lateral, cercada de pés de tamarindos e ciriguelas, e buzinou. Minha avó logo surgiu à porta principal, acenando. Descemos com Thalie ainda nos "Ahs!" e "Ós!" e nos encaminhamos para o alpendre em arcos franjados de samambaias-choronas, arrumadas em xaxins presos ao teto. Na passagem pelo jardim de mil pétalas e perfumes, Thalie estacou diante de bogaris vigiados por uma garça branca de pés e bico alaranjado. Além das garças, vovó Sarita espalhara, entre os canteiros, sapos verdes de poás marrons e uns caramujos de cachepôs nos traseiros, peças de cerâmica para as quais minha mãe torcia o nariz, dizendo serem de um mau gosto abominável. Enquanto Thalie estava agachada ali, aspirando o perfume das flores, vovó se aproximou dela. A um sinal do meu pai, Thalie ergueu-se e, sorrindo em covinhas, encarou a avó, que, depois de soltar um "Ó meu Deus!" enrouquecido de emoção, puxou-a para um abraço que durou um século e meio. Ao final, disse, olhando para meu pai, como se Thalie não estivesse entre nós, "Heleno, ela parece uma Nossa Senhorinha!", e meu pai acrescentou, na maior adulação, "uma madona de Rafael".

Regurgitando uma tapioca de coco que eu comera no caminho, joguei a mochila ao chão e me distanciei, entontecida pelo aroma dos canteiros de rosas, antúrios, lírios, jasmins, bastões-do-imperador. Deslizei para a parte de trás da casa, onde um pomar de muitas fruteiras rendilhava o terreno em sombra e luz, e sobre os tapetes de folhas apodreciam frutas que os passarinhos bicavam, em uma festa de pios e espanar de asas. Na jaqueira, o balanço suspenso por cordas ia levemente para a frente e para trás no embalo do vento, e eu imaginei o espírito de uma menina morta sentada bem ali, impulsionando-o com as pontas dos pés. Meu coração deslocou-se. Ainda que eu não pudesse ver a garotinha de olhos redondos e cabelos trançados, habitante daquele universo paralelo, sabia que ela estava exatamente ali, examinando-me. Eu não podia ouvi-la, mas podia apostar que me apontava e murmurava: "Invejosa, invejosa."

Com aquela acusação chacoalhando dentro de mim, afastei-me rapidamente, tropeçando na cerca que protegia a horta de bichos invasores. Deixei-me estar quieta, abandonada ao calor da tarde cadente, a ouvir aquele silêncio verde das ervas e hortaliças, o ar impregnado de um perfume que se elevava até o céu.

Esperei meu coração retornar ao lugar e me dirigi ao antigo canil de Bóris, que fora reformado para o repouso e as posturas de De Lourdes. De penas vermelho-amarronzadas, a crista caída para a frente feito um chapéu de aba murcha, a única galinha da minha avó gastava seu tempo ciscando o mundo em busca de minhocas, sacudindo a cabeça para baixo e para cima, para um lado e para o outro, os olhos em eterno pânico. O bicho mais desassossegado que já vi. Não conseguia imaginar De Lourdes se aquietando para pôr um ovo. Uma vez tentei segurá-la. Quentinha e de cheiro estranho, mais para ranço do que para perfume, não houve jeito de fazê-la serenar em meus braços. Ainda que eu lhe sussurrasse umas ternurinhas, continuou espaventada, a cabeça para lá e para cá no pescoço de mola, o coração lhe batendo nas penas, em cocoricós tremelicados de dar dó. Definitivamente, galinha não era ave para agrados.

Encontrei De Lourdes empoleirada no cabo de vassoura preso aos painéis de madeira, já recolhida para a sua noite, que começava cedo, à meia-luz, quando o sol escorregava atrás das serras, animais colossais a que Deus esquecera de dar vida. À minha presença, sobressaltou-se, encrespando-se feito bicho de coragem e se desatando em cacarejos coléricos. Na mansidão, perguntei-lhe: "E aí, De Lourdes, se te arrancassem as penas e te serrassem o bico e ainda te tirassem o poleiro, o ninho onde pões teus ovos, as sombras das fruteiras, as minhocas com que te divertes, se te expulsassem do teu mundo, o que farias para continuar sendo galinha?"

Tornei à casa pela frente. Não estavam no alpendre. Peguei minha mochila que alguém largara sobre uma cadeira e me encaminhei para a cozinha. "Ah, você está aí, Marrã!" Finalmente minha avó me enxergava. Forcei um sorriso, abracei-a e fui lavar as mãos. Sentei-me na ponta do banco, perto da minha mãe, que não se mostrava minimamente abalada com o que se passara havia pouco no jardim. Eufrosine quis saber onde eu me enfiara. Toda entufada, com um sorriso que ninguém poderia acusar de falso, contei da minha visita a De Lourdes, da goiabeira apinhada de goiabas de vez, das bainhas roxas que guardavam as flores das bananeiras e do ninho com três pequenos ovos que eu encontrara em meio aos canteiros da horta. Menti sobre a existência do ninho, sei lá por quê. Talvez porque eu achasse que um detalhe a mais pudesse tornar mais verossímil a minha alegria inventada, talvez porque mentir fizesse parte da minha natureza de contadora de histórias.

Quem pode afirmar que a dissimulação não é uma arte?

Saturado de odores, o ar da cozinha abriu-me o apetite. Vovó nos serviu sopa de legumes, arroz de leite com costeletas de carneiro e, de sobremesa, doce de goiaba em calda. No meio da refeição, Eufrosine, não se contendo, indagou à vovó sobre o presente de Thalie, e ela sorriu misteriosamente, dizendo: "Esperem até amanhã." O jantar prolongou-se em uma conversa durante a qual minha avó, como se sabatinasse um ser extraordinário, fazia perguntas à Thalie, que lhe dava respostas longas, às vezes com pausas para a busca de alguma palavra desconhecida ou esquecida. E se via em minha avó, em seus olhos bem abertos, no sorriso que lhe escorria pelos lábios, a impressão profunda que a neta lhe causava.

Escapuli para o quarto e demorei a adormecer com o comentário de vovó Sarita debatendo-se dentro de mim feito alimento estragado.

Nossa Senhorinha? Quem poderia confirmar que Nossa Senhora tivesse sido aquela retratada pelos escultores e pintores do mundo inteiro? Quem podia garantir que ela não tivesse existido pequena e gorducha, de olhos escuros e cabelos indomáveis?

Na manhã seguinte, após o café, quando ainda nos encontrávamos à mesa e eu assistia, pelo janelão que se abria para o pomar, aos sassaricos de De Lourdes e aos giros de um cabrito cabeçudo que um dia comera um pedaço do meu All Star, ouvimos a voz de Rosiel no alpendre. Sem que déssemos por nenhuma estranheza, vovó Sarita foi até lá e, ao voltar, anunciou que chegara a hora, o presente de Thalie a aguardava do lado de fora da casa.

Dispararam para lá, em uma agitação de vozes, risos e batidas de pés. Arrastei-me atrás deles e vi Rosiel desaparecer atrás de uns arbustos. Indaguei aonde ele estava indo, e vovó fez um sinal com a mão para que eu me calasse. Passados uns dez minutos de impaciente espera, nós o vimos retornar pela estreita vereda que ia dar no estábulo. No mesmo instante reconheci Soberano, o veludo castanho-dourado da pelagem, a crina lustrosa e ligeiramente mais escura, a cauda cheia. Nenhum cavalo que eu conhecia tinha aquela barriga bojuda e aquele pescoço longo nem se movia com a formosura com que ele se aproximava, puxado pelas rédeas por Rosiel. O cavalo do afeto de vovó Sarita. O seu único cavalo.

Meu coração congelou e parou de bater. Eu morrera?

Thalie dava umas risadinhas contidas, de surpresa e prazer, e tapava e destapava os olhos com as mãos, como se não pudesse acreditar no que via, como se precisasse se assegurar de que não sonhava. Eu tragava o ar, que não vinha, não vinha. Pensei que fosse desmoronar ali mesmo, se aquela pantomima não acabasse logo. Será que ninguém se perguntava por que vovó entregava, assim, de mão beijada, seu adorado manga-larga — o mais vistoso entre todos os cavalos da região, cobiçado por muitos dos criadores que residiam por perto, que nenhum neto, até então, tivera permissão para montar — justo à Thalie, uma neta em quem nunca antes deitara os olhos? Aquilo seria amor? Como era possível amar o que não se conhecia? Deveria lhe perguntar, mas me mantive em silêncio. Naquele momento; minha voz soaria vacilante, e ela provavelmente não me ouviria, e eu acabaria explodindo em lágrimas.

Vovó abraçou a neta presenteada e a empurrou suavemente pelo caminho de lajotas que cortava o jardim até o pátio, para além do muro baixo, onde Rosiel se mantinha parado à frente de Soberano, segurando-lhe as rédeas. Todos, inclusive minha mãe, tinham os olhos ensopados de lágrimas. Meu pai, não. Mantinha-se seco e impenetrável, de um jeito que sempre me fazia sentir menos do que eu era. Quis escapar dali, mas as pernas empacaram e eu me vi obrigada a assistir à sua mais nova e intrigante performance, a de pai cuidadoso. *"Merde,* papai!", berrei para dentro de mim, e meu grito açulou a Coisa, que disparou de um lado para o outro, golpeando-me as paredes do estômago com suas rudes patas. O ar rareou, e o café da manhã retornou à garganta. Meu corpo me traía. Baixei a cabeça e respirei profunda e pausadamente.

Quando me aprumei, meu pai subia e descia do lombo de Soberano, em paciente demonstração de como montá-lo de forma correta. Primeiro, Thalie deveria pôr o pé esquerdo no estribo do mesmo lado e, depois de se erguer, segurando-se na corcova da sela, passar a perna direita sobre a parte traseira do cavalo, ajustando o pé no estribo do outro lado, e, por fim, ajeitar-se sobre a sela.

Aluna aplicada, tão logo se escanchou em Soberano, Thalie ergueu e sacudiu os braços em um gesto de triunfo e soltou um disparatado *"Je suis prête à voyager dans le monde!"*, como se todos ali compreendessem a sua língua. Depois de lhe tomar a mão e fazê-la acariciar o pescoço de Soberano, meu pai tomou as rédeas das mãos de Rosiel e puxou o animal, emitindo com a boca um chamamento suave, "Tsss, tsss, tsss". Soberano negou-se a segui-lo. Baixou a cabeça até o chão, dilatou as narinas e resfolegou nervosamente. Em seguida deslocou-se para o lado, como em um passo de dança, e continuou impassível, como se aquilo não fosse com ele.

Soberano era dos meus. Se estava mesmo do meu lado, nada o impediria de empinar e, naquele instante mesmo, atirar Thalie ao chão, ou de desembestar pela capoeira, sacudindo-a em um ermo qualquer a quilômetros de *Saudade*, onde sangrasse sozinha até morrer ou, caso não morresse, escapasse dali com as pernas e as costelas quebradas. No mínimo, imunda de sangue, o rosto esfolado por galhos e espinhos, e, sarados os lanhos, a pele de bebê restasse para sempre marcada por aquela manhã pavorosa. Por fim, de tão lancinante a experiência, que Thalie jamais se dispusesse a montar novamente, sendo obrigada a devolver Soberano à vovó Sarita.

Todavia, cedendo aos afagos do meu pai, Soberano acabou aprumando o pescoço e despregando as patas do chão. Vovó Sarita os seguiu por alguns metros, o tempo todo recomendando que meu pai não se descuidasse da menina, e Thalie, como uma princesa de um reino encantado, sorria e acenava para a reverente *entourage*, que sorria e acenava de volta. E os três foram se afastando, Thalie no lombo selado de Soberano, com meu pai à frente, guiando-o pelas rédeas. Em uma curva do caminho saíram de vista. Cansados de esperar que retornassem, voltamos para o alpendre.

Sei que estive ao lado deles o resto daquele dia, mais uma noite e a manhã seguinte, e que me alimentei, tomei banho e me sentei com os outros no alpendre para esperar a hora de dormir. Mas não me lembro do que vi nem ouvi, tampouco de como me comportei, se sorri ou se chorei, se me mantive calada ou se abri a boca para alguma asneira. Eu estava lá e não estava. Uma montanha de gelo empedrou-me o coração. Em algum recanto do meu corpo, a Coisa, os olhos duros de sal, patinhava em água parada e deixava escapar um som pungente, uma espécie de balido de ovelha um segundo antes de ser sangrada.

Na viagem de volta para casa, uma imagem começou a me instigar a mente. A princípio, era só uma fantasia que aplacava minha sede de vingança. Em alguns dias, porém, a visão ganhou contornos de realidade, precipitando-se no dia em que encontrei, na gaveta da cômoda que reserváramos para Thalie, metido entre calcinhas e sutiãs, o bilhete de Demian.

"Laisse-moi devenir, l'ombre de ton ombre, l'ombre de ta main, l'ombre de ton chien."

Meu coração capotou. Conhecia aqueles versos. Eram de "Ne me quitte pas", a canção que meu pai idolatrava, tanto que havia todo um ritual para ouvi-la. Curtia-a na solidão das madrugadas alentadas a uísque, a brasa do cigarro reluzindo na penumbra, enquanto minha mãe fervia em ciúme. Mais tarde, ao ouvir Demian assoviar embaixo da nossa janela, do mesmo jeito que assoviava para mim, e ao ver Thalie deixar o quarto apressadamente, como se um segundo a mais longe dele pudesse lhe roubar o ar que respirava, eu me decidi.

Naquela noite, deixei a mesa de refeições mais cedo, alegando mal-estar, e deslizei para o quarto do casal. Minha mãe guardava a tesoura, com a qual aparava nossos cabelos, na caixinha de costura dentro do armário. Escondi-a embaixo do meu travesseiro. Daquela vez eu iria ultrapassar todos os limites. O que poderiam fazer comigo? Não temia palavra severa, berro nem olho duro. Bater, meus pais não batiam. Sermões, eu os tirava de letra. Seguramente, meu pai não deixaria barato. De qualquer forma, não me arrancaria o couro nem me deceparia as mãos. Nenhum castigo poderia ser maior do que aquele sentimento que me avassalava a alma, do que aquilo com que eu tinha de lidar. E, se meu pai me matasse, eu lhe seria grata por me poupar a dor vergonhosa de mais tarde estar frente a frente com Demian, de ter ser obrigada a esconder os olhos diante da estupefação indignada da minha avó Sarita.

Naquele tempo, fizesse frio ou calor, silêncio ou barulheira, claridade ou escuridão, eu me deitava e, de imediato, mergulhava no mais profundo sono, apesar de algumas vezes acordar no meio da noite com tremores e suores frios, que a doutora Ana Augusta afirmava serem sintomas típicos de uma crise de ansiedade aguda. Naquela noite não preguei os olhos hora nenhuma. Embora o quarto, naquela época do ano, fosse uma estufa, dentro de mim queimava o mais puro gelo. Afundava o rosto no travesseiro, enrolava a cabeça com o lençol, fechava os olhos e, mais que depressa, tornava a abri-los, temerosa de que o sono me pegasse e eu não pudesse consumar meu propósito. Vez ou outra vinha a tentação de desistir, mas me bastava virar para o lado e me deparar com a silhueta de Thalie, deitada de bruços sobre a cama, a sombra dos cabelos esparramando-se sobre o lençol que a cobria dos pés aos ombros, para me voltar a certeza de que eu não podia fraquejar, de que precisava seguir adiante.

Nunca o zum-zum do ventilador me pareceu tão azucrinante. Tão alucinador, o uivo do carro do lixo. Levantei-me e fui até a janela, puxei a cortina, espiei a noite. De vez em quando, em algum lugar lá embaixo, oculta talvez atrás de uma pilastra, ou sob a marquise de um prédio, uma mulher soltava uma gargalhada que me desabalava o coração, como se fôssemos personagens de um filme de terror. Tornei à cama e, quase em seguida, me pus de pé novamente e rumei para a cozinha. No escuro, a luzinha da geladeira confortou-me, e o que eu encontrei lá dentro também.

Com a noite avançando em direção a um novo dia, começou a desordem na barriga. No banheiro, o odor do desinfetante me provocava mais náuseas e eu me desmanchava em água e restos de comida. Foi assim boa parte da noite, da cama à cozinha, da cozinha ao banheiro, do banheiro à cama outra vez. A manhã já sussurrava, o quarto banhado em uma leve claridade, quando me aproximei da cama de Thalie, depois de haver afastado ligeiramente a cortina. Pelo som da sua respiração, soube que dormia profundamente.

Ao empunhar a tesoura, porém, algo se desmontou dentro de mim. Não fui possuída por nenhum sentimento de compaixão ou remorso antecipado. Na verdade, por um segundo apenas, imaginei o olhar da minha avó Sarita sobre mim. Disparei para o banheiro com as lágrimas me queimando o rosto e enterrei uma toalha na boca para sufocar os ruídos do meu pranto. Diante do espelho, enxerguei a menina que me encarava com olhos de um rancor implacável. Por nada naquele mundo voltaria atrás. Custasse o que custasse, iria até o fim. Iago não afirmara que onde existia a vontade a coragem não importava?

Embora eu não fosse nem um pouco hábil com as mãos e sempre me atrapalhasse no uso dos objetos, derrubando-os ou quebrando-os, cortando-me, melecando-me, na hora exata, sequer tremi. Não pensei em nada nem em ninguém. Dominada por uma força cega, agarrei firmemente a tesoura com a mão direita e, com a esquerda, fui recolhendo os punhados de cabelo que, ao abrir e fechar das lâminas, iam se soltando da cabeça de Thalie. Ao final, juntei as porções ao pé da cama, coloquei-as em um saco plástico de supermercado e o levei para a lixeira do andar acima do nosso, acomodando-o ao fundo, sob os restos das refeições de três famílias.

Quando o céu se destapou em rosa e lilás, eu ainda rolava na cama. E aquela foi a primeira vez que assisti ao dia amanhecendo.

Adormeci com os olhos escorados na cabeça desbastada da garota que ressonava ao meu lado e acordei com uma vontade urgente de urinar. Pelo suor que me brotava do corpo, devia passar do meio-dia. Antes mesmo de abrir os olhos, lembrei-me do que fizera. Talvez estivessem todos ao pé da minha cama, esperando que eu acordasse para me crucificar. Não queria vê-los. Se possível, nunca mais. Colei os joelhos ao peito e me desapertei. A urina escorreu morna e suavemente por minhas pernas.

Esperei-os. Naturalmente viriam para cima de mim.

Sob o olhar assustado da minha mãe, meu pai arrancou-me da cama, agarrou-me pelos cotovelos e me sacolejou de um lado para o outro como se eu fosse um capacho imundo. O que eu pensava da vida, hein? Por acaso eu achava que podia sair por aí maltratando as pessoas que não me agradavam? O que eu queria, afinal?

Em algum tempo, como eu não dissesse nada, largou-me e parou de rugir. Sentou-se ao lado da minha mãe, na ponta da cama de Thalie, suspirou profundamente e, em um gesto de desespero, segurou a cabeça entre as mãos. E, então, o que eu tinha a dizer? Levantei o rosto para eles. Seriam meus pais aqueles dois que me encaravam de olhos injetados, aquelas criaturas desgrenhadas, patéticas, absurdas? Falar, para quê? O que eu fizera, ao menos para eles, era de todo indefensável. Enfrentei-os armada do mais completo silêncio.

Depois de um tempo que não sei precisar se de minutos ou horas, exaurido e visivelmente irritado, meu pai deixou o quarto, batendo a porta com um estrépito que me fez estremecer.

Voltei para debaixo dos lençóis, flutuando entre a voz da minha mãe, que vinha de longe, de muito longe, e a sensação — ou seria uma lembrança? —, que talvez fosse o começo de um sonho, de afundar em uma escuridão de águas tépidas. Por cima de tudo, o odor forte de urina.

quinze

Vovó Sarita encontra-me refugiada no falso sono. Sabe que estou fingindo. Acomoda-se ao meu lado na cama, coloca minha cabeça contra seu peito e murmura: "Não tenha medo, Marrã, não tenha medo, estarei sempre com você, em qualquer tempo, em qualquer circunstância." E ficamos assim por um longo tempo; eu, quieta, ouvindo as batidas do seu coração, sentindo o calor dos seus braços; ela, cantarolando baixinho, ao meu ouvido:

> *Clarice era morena,*
> *como as manhãs são morenas,*
> *era pequena no jeito de não ser quase ninguém,*
> *andou conosco caminhos de frutas e passarinhos,*
> *mas jamais quis se despir*
> *entre os meninos e os peixes,*
> *entre os meninos e os peixes,*
> *entre os meninos e os peixes,*
> *do rio, do rio,*
> *que mistério tem Clarice, que mistério tem Clarice,*
> *pra guardar-se assim tão firme, no coração*

Quando eu era miúda, vovó costumava me fazer dormir com essa canção de Caetano Veloso. Dizia-me que eu me parecia com Clarice — ser pe-

quena de um jeito em que não se é quase ninguém parece mesmo comigo. Talvez esse seja o meu mistério.

Suas lágrimas molham minha cabeça. Quero lhe dizer para não chorar, para não gastar as lágrimas comigo, porque eu não as mereço, porque não sou a pessoa que ela imagina, mas uma pedra tomou o lugar da minha língua e, engolida pelo silêncio, apenas choro. Ela me abraça com mais intensidade, balança a cabeça e sussurra que nada pode tirar de mim o que eu sou, e o que sou é bastante. E, até ir embora, continua me acalentando, no seu jeito bom de dizer que me ama.

dezesseis

A primeira vez que fui afastada de casa, e esse afastamento deveria servir como punição para o meu delito, estivemos quarenta dias juntas, minha avó Sarita e eu.

Não acreditei quando minha mãe me disse que eu iria sozinha passar umas férias prolongadas em *Saudade*, até porque falou sorrindo, e naquele instante eu não soube se estava blefando ou falando sério. Não que eu desgostasse da ideia de estar com minha avó. Qualquer tempo era tempo de encostar o meu coração no coração dela. Além do mais, eu amava os dias lentos e luminosos de lá, as noites pontuadas pela cantilena dos insetos. Definitivamente, nem *Saudade* nem minha avó jamais seriam castigo para mim. A punição era eu me sentir como me sentia e saber o que eu sabia. Tinha consciência do que estava por trás daquele exílio forçado e de como aquilo tudo podia ser interminável. Thalie não estava de passagem. Viera para ficar, e estaria sempre lá, partilhando o quarto comigo e com Eufrosine, sentando-se à mesa para as refeições, esparramando-se no sofá da sala para assistir a novelas na TV, saindo com Demian sem hora para retornar, tomando minha vida, roubando-a de mim sem que ninguém percebesse, sem que eu soubesse o que fazer para tê-la de volta.

Sempre que minha mãe me dizia "Vai passar, vai passar", eu me perguntava "Quando?" Quando aquela garota deixaria de ser uma faca amolada me rasgando o coração, se o tempo emperrara desde o instante em que ela invadira a minha vida? E não adiantava vigiar cada um dos seus movimentos e falas, porque de qualquer forma e sem que eu pudesse evitar, em algum tempo, eu sabia, ela me atacaria pelas costas.

Meus pais me levaram para *Saudade*. Durante a primeira hora de viagem, fiquei bem quieta, a boca recheada de biscoitos de chocolate. Quando as curvas começaram a se fechar, fui obrigada a pedir a meu pai que parasse o carro em algum lugar onde eu pudesse desengolir os biscoitos. Depois minha mãe me deu água, uma caixa de lenços de papel e perguntou se eu estava me sentindo melhor. Balbuciei que sim, e meu pai disse "Estamos quase chegando". Até ele estacionar o carro em *Saudade* nenhum dos dois falou mais nada comigo.

No jardim, vovó Sarita, ainda na inocência do acontecido, agitava uma das mãos e sorria. Saltei do carro e fui correndo desabar no colo cheiroso a pão de ló. Segurou-me o rosto pelo queixo e foi logo perguntando: "Que carinha enfarruscada é essa, Marrã?" Não consegui firmar um sorriso. Os olhos vermelhos e as pálpebras inchadas eram a resposta mais evidente da minha desolação. Acariciou-me a cabeça e segredou-me: "Vai passar, Marrã adorada, o que quer que seja vai passar, eu lhe garanto que sim!"

Deveria ter acreditado em minha avó. Mais do que ninguém, ela sabia o que dizia. A questão era o que eu iria fazer até passar.

Afastou-me dos seus braços para beijar o filho e a nora e em seguida nos encaminhou para a casa, enquanto meu pai voltava ao carro para pegar minha bagagem. Fomos direto para a cozinha, onde nos esperavam um bule com café fumegante, potes com sequilhos e rosquinhas de nata, travessas com canjica polvilhada de canela, queijo de manteiga com raspas do tacho e um bolo engorda marido — o melhor de todos os bolos feitos por minha avó, e que deveria se chamar engorda Aglaia. Minha mãe esbugalhou os olhos, e eu imaginei logo o que se passava em sua cabeça. Ao contrário de vovó, minha mãe vivia em eterna dieta restritiva, e ainda tentava nos convencer de que éramos o que comíamos, e não podíamos nos transformar em um monte de açúcar e gordura, uma mistura venenosa a perambular por aí.

Na casa de vovó Sarita, o lema era barriga cheia, coração contente, e o que ela dizia estava dito. Era lei, ao menos em seu território. Território livre, onde eu podia comer o que quisesse, não somente o que ela preparava, como pão caseiro, geleia de umbu e de jaboticaba, casadinhos de goiaba e uma infinidade de bolos — de milho, leite, laranja, mandioca ou chocolate — como também o que minha mãe chamava de "porcaria" ou "estraga paladar", a exemplo de tabletes de chocolate e sacos de jujuba, que ela costumava comprar em grandes quantidades para quando Eufrosine, Heitor e eu aparecêssemos. Para minha avó, uma boa mesa era sinônimo de pratos sem restrição de qualquer espécie e fartura, muita fartura. Mesa para um batalhão, mesmo quando éramos apenas nós duas. Minha mãe nos chamava a atenção para o desperdício, próprio das pessoas egoístas e inconsequentes. Eu a contestava bravamente. Em meu íntimo — meu íntimo quase nunca me enganava —, eu sabia que amar, ao menos para minha avó, era, acima de tudo, alimentar e ouvir, duas coisas que ela fazia como ninguém. E eu acreditava piamente na honestidade e na abundância daquele amor.

Ansiosa não somente com a própria saúde, mas com a das pessoas à sua volta, vez ou outra minha mãe perguntava à vovó se ela fizera os exames de laboratório semestrais e como iam as taxas, e ela lhe respondia: "Não se preocupe, querida, sei me cuidar", ou, "Isso é comigo, meu bem, fique tranquila". Minha mãe calava-se, mas bastava encontrá-la novamente para lhe fazer as mesmas perguntas, e vovó se sair com as mesmíssimas respostas.

Recordo-me da primeira vez que foi levada sem sentidos para o hospital. A moça que a ajudava de vez em quando com a limpeza da casa encontrou-a caída ao lado da cama, sem compreensão da realidade, expressando-se de forma desarticulada. Não sabíamos até aquele momento, nem ela mesma, que sofria de hipertensão.

Como precisou ser internada em UTI, fiquei impedida de vê-la e caí em tristeza profunda, tanto que acabei adoecendo. Minha mãe teve a ideia de me levar até a casa de vovó, abrir as janelas para ventilar o ambiente, molhar as flores para que continuassem viçosas e alimentar De Lourdes, nessa época uma franguinha recém-nascida. A febre que me consumira durante três dias cedeu quase de imediato. Passamos a ir lá de dois em dois dias, mais ou menos.

A casa inteira, com todas as coisas que lhe davam alma, que a tornavam verdadeiramente uma casa — o sofá, a poltrona, a cristaleira, a mesa e as cadeiras de palhinha, o armário com as roupas, o rádio, a TV, a geladeira, o fogão, os apetrechos culinários, e até as árvores no quintal, as flores no jardim e, especialmente, De Lourdes —, estava impregnada da existência da minha avó. A casa, cheia da sua ausência, era ela.

Somente me autorizaram a vê-la quando recebeu alta da UTI e foi levada para o apartamento. Um dos dias mais tristes da minha infância. Ao me defrontar com minha avó estendida no leito alto, um tubo metido em uma das narinas, uma intravenosa no antebraço e fios que escapavam sob o lençol que a cobria, minhas pernas afrouxaram e meu coração foi cair não sei onde. A impressão era de que encolhera, de que uma parte grande lhe fora arrancada. No monitor ao lado da cama, umas ondinhas eletrônicas mostravam o ritmo pulsante do seu coração. Um coração que a qualquer instante poderia deixar de funcionar. E a menina que eu era sabia que corações se cansavam de bombear sangue e, quando isso acontecia, não perguntavam a seu dono se era hora de parar. Simplesmente paravam. Eu não fazia ideia de como sobreviveria sem minha avó em um mundo de tantos perigos e desafetos. Tampouco podia lhe perguntar naquele momento. O certo é que avós de meninas como eu não deveriam morrer nunca.

Aproximei-me e segurei-lhe uma das mãos. O rosto, de um branco meio sujo, pareceu-me inexpressivo, como o rosto de alguém que não reconhece quem está à sua frente. Sorriu-me brevemente, mas em seus olhos havia uma bruma, a dos olhos dos cegos, e eu me perguntei se era por ali que a vida escapava. Como segurar a vida dentro de uma pessoa?

Meio sério, meio de brincadeira, meu pai passou-lhe um pito, estava vendo no que dava não se cuidar? E minha avó falou, sorrindo: "Se Deus me levar agora, vou satisfeita, vou no ganho, já vivi bastante, e, mesmo que a vida não tenha me tratado a pão de ló, sou-lhe imensamente grata."

Não falava por falar. Para vovó Sarita, Deus estava na morte tanto quanto na vida. Talvez fosse essa crença que lhe garantia a paz de não carecer de ninguém para ser feliz. Quando bem pequena, eu me inquietava que vivesse sozinha, sem ninguém com quem brincar, e minha avó me tranquilizava, dizendo que se divertia brincando com ela mesma. Não mentia. Saber brincar com ela mesma fazia toda a diferença. E, embora eu não tivesse a compreensão de que viver intensamente as menores coisas, as mais simples, pudesse ser felicidade, intuía que aquele era um assunto que minha avó dominava. Sua felicidade não se construía por si mesma, mas por mãos que se empenhavam em erguer paredes, assentando, no prumo do coração, tijolo por tijolo em direção ao céu.

Meu pai, que conversara demoradamente naquela manhã com a cardiologista que a acompanhava, tornou a falar sobre a necessidade urgente de cuidados especiais com a saúde. Para começar, além da medicação diária, vovó deveria submeter-se a uma rigorosa dieta alimentar. Se desejasse continuar viva. Não pareceu se amedrontar com aquilo que deveria ter lhe soado como uma ameaça. Balançou a cabeça e gracejou, dizendo que no Céu a mesa de refeições era quilométrica, afinal se tratava do Céu, e nela se estendiam travessas e mais travessas de iguarias para todos os gostos, de carneiro estufado e mungunzá a quindins, pastéis de nata e muito mais, com todos os mortos do mundo comendo o que bem desejassem e a toda hora, com prioridade para os que na Terra haviam mendigado o pão de cada dia.

Naquela hora, pensei comigo que nem assim valia a pena morrer. E se a morte fosse um nada infinito, sem cozinha nem mesa farta, sem horta, sem jardim, sem caminhadas nem canto de pássaros, sem a magia do sol cavalgando o horizonte ou da lua se erguendo nas asas das estrelas? E se a morte fossem as luzes se apagando e as cortinas se fechando para todo o sempre? E se não existisse Céu nenhum? Em casa, os únicos Céu e Inferno de que ouvíamos falar eram os de Dante. Valia perguntar que importância poderia ter a morte para quem estava morto. Afinal de contas, o morto não fazia ideia do que perdera. O morto não sabia da vida. Vista assim, a morte não podia ser considerada ruim.

Naquele dia em que me levaram para *Saudade*, depois do almoço minha mãe me mandou para o quarto, que eu esvaziasse a mala e guardasse as coisas no armário. Seguramente, meus pais e minha avó conversariam sobre mim. Sentei-me na ponta da cama, de frente para a janela aberta, e fiquei ali, sem me mover. Borboletas piruetavam em torno de umas florezinhas na jardineira da janela. Lá fora uma cabra comia uma a uma as papoulas. Bem adiante, ao pé de uma montanha, vacas — ou seriam pedras? — manchavam de branco a imensidão do pasto.

Então, chamaram-me para as despedidas. Meu pai me abraçou primeiro, com intensidade. Achei que quisesse me dizer algo, e esperei que o fizesse. Não disse nada. Minha mãe abraçou-me rápida e frouxamente, e se foi ocultando os olhos.

A primeira pergunta que minha avó me fez quando o carro desapareceu na curva da estrada foi algo do tipo "O que está fazendo com sua vida, Marrã?" Quis lhe dizer que não me importava minimamente com minha vida, mas ela emendou a pergunta em outra, e o nome de Thalie me acertou com a violência de um soco, impedindo-me de ouvir qualquer outra palavra. Thalie, sempre Thalie. Em mim, e em toda parte. Sequer gozara minha vingança. Apenas por um dia, um único dia, pude vê-la, não propriamente desfigurada, mas grotesca, risível, e apenas durante uma tarde e uma noite observei disfarçadamente o estrago, os tufos de cabelo desiguais, os vazios em alguns pontos do couro cabeludo, onde a tesoura avançara com mais ímpeto. Assim, com jeito de espanador velho, de galinha morta mal depenada, Thalie foi levada por minha mãe a um salão de beleza logo na manhã do dia seguinte, de onde saiu apresentável, o resto do cabelo repicado e pintado em tons de rosa-choque.

Fomos para a cozinha. Vovó Sarita preparou um café e veio sentar-se ao meu lado. Como eu mantinha a testa apoiada no tampo da mesa, ela se abaixou, beijou-me a cabeça e sussurrou em meu ouvido: "Sabe que as pessoas são capazes de meter os pés pelas mãos, de fazer coisas horríveis, qualquer coisa, quando se sentem acuadas?" Grata por não perceber raiva nem acusação em sua voz, ergui os olhos para ela e confirmei o misto de sentimentos ruins que me corroía.

A princípio, contei-lhe apenas que, depois da manhã em que Thalie despertara sem os cabelos, as coisas em minha casa haviam mudado drasticamente. Desde então, tinha a sensação de que tanto Eufrosine quanto Heitor e Thalie me olhavam e me vigiavam como se eu andasse com uma tesoura escondida embaixo da roupa. Meu pai evitava cruzar seus olhos com os meus, e minha mãe, ah!, com ela eu não podia mais contar, agora que voltara a viver embaixo dos lençóis.

Sentia-me à vontade para conversar sobre qualquer assunto com minha avó. O mais curioso é que, a despeito dos anos que nos separavam, meus pensamentos mais intrincados, as coisas mais absurdas que eu lhe revelava sobre mim, as pessoas que conhecia, as histórias que lia ou via no palco e no cinema, tudo fazia sentido para ela.

Aos poucos fui derramando a história em seus ouvidos. Ela não me assegurara de que as pessoas, quando acossadas, eram capazes de fazer qualquer coisa, as mais terríveis, as mais condenáveis? Além de tudo, não era minha a culpa pelo que estava acontecendo. Quem começara a bandalheira? Quem primeiro pisara na merda e saíra emporcalhando tudo? Por acaso tinha sido eu? Vovó não me dava resposta; limitava-se a balançar a cabeça em gesto de desengano, convicta de que aquele não era o momento mais adequado para ela falar.

Não consegui escancarar meu coração. Calei-me sobre meus sentimentos em relação a Demian, que, de alguma forma, envergonhavam-me, embora eu não soubesse exatamente por quê. Contei-lhe quase tudo, desde o primeiro dia de Thalie em nossa casa, com todos se pondo no chão para ela passar por cima, sem esquecer a festa do seu aniversário, o sumiço que dei no Cachorro e, por fim, a noite sinistra em que fiz desaparecer os cabelos de contos de fada.

Gastávamos os dias caminhando longamente por *Saudade* e arredores ou, quando chovia, tagarelando no aconchego da cozinha, que cheirava a canela, alho frito, coalhada, café fresco e um perfume único, inebriante, que nunca mais voltei a sentir em lugar nenhum, o do pão recém-saído do forno. Vovó movia-se pelos quatro cantos da cozinha com leveza — a cozinha era o seu segundo paraíso; o jardim vinha em primeiro lugar —, da bancada da pia à geladeira, da geladeira ao fogão, do fogão ao armário, do armário à pia, da pia à mesa, descascando, lavando, cortando, triturando, batendo, amassando, ralando. Sobre a mesa, colocava uma infinidade de travessas e panelas, colheres e facas de todos os tipos e tamanhos, tábuas de carne, espremedores, coadores, potes com cereais, dentes de alho, trança de cebolas, sal, nata, azeite, farinha de trigo e de rosca, e temperos, os verdes e os secos, tudo a postos para o que meu pai chamava de "a cozinha mística da dona Sarita".

Enquanto preparava as nossas refeições e ia me instruindo um pouco com sua arte, ouvíamos música e noticiários no rádio. Às vezes, contava-me fatos da sua vida e das pessoas com quem convivera. Vidas despretensiosas, de gente comum, que nascia, crescia e sonhava, estudava e sonhava, trabalhava e sonhava, casava-se e sonhava, envelhecia e seguia sonhando. Uma boa prosa era outra arte da minha avó. Meu pai herdara dela a fluência para contar histórias. A diferença é que os relatos de vovó vinham recheados com algo que eu não encontrava nos do meu pai. As histórias dele pareciam um bolo no qual eram colocados os ingredientes mais ricos, mas que não cresciam porque o fermento da verdade fora esquecido; a verdade do coração de quem conta.

Ao lado da minha avó, era improvável que eu sentisse falta de livros. Ainda que ela me instigasse a ler José Américo de Almeida, Rachel de Queiroz, Graciliano Ramos e Stefan Zweig — de quem meu avô gostava particularmente —, os livros de capa dura que jaziam em uma estante na sala de estar, ao lado de exemplares da revista *Burda* — em algum tempo vovó Sarita costurara para ela mesma —, não eram páreos para as suas histórias. Às vezes, meu pai brincava dizendo que, se vovó houvesse se casado com o rei Xariar, teria com certeza escapado de ser mais uma de suas vítimas.

Vencida por uma tristeza que eu julgava quase insuportável, parecia-me incoerente e incompreensível que eu experimentasse tanto prazer em me sentar ao lado dela no alpendre para assistir ao sol, feito manga madura, esfiapar-se em tons de amarelo queimado por trás das serras. Enquanto a tarde caía mansamente, e *Saudade* pouco a pouco se calava até só restar o murmúrio dos bichos noturnos e, no meio dele, meu sentimento de confiança naquele mundo, minha avó me segurava a mão e, aos sussurros, como se sua voz pudesse quebrar aquele encantamento, apontava no céu o brilho de cada estrela.

Bem instaladas nas espreguiçadeiras, que por certo haviam sido arquitetadas para aquelas noites, com os olhos enfiados na escuridão intermitente de vaga-lumes e estrelas, ouvíamos o silêncio pontuado pela cantiga dos sapos, pelo murmurinho dos insetos, pelo lamento das carretas que passavam na rodovia. Às vezes uma estrela raiava o céu de cima a baixo, indo tombar em algum obscuro lugar do firmamento, e nem mesmo o enterro de uma estrela era capaz de espantar a onda de contentamento que me invadia como um sonho. Queria reter aqueles momentos, guardá-los em mim, como minha avó guardava, em uma caixinha de madrepérola forrada de veludo, um anel que o pai lhe dera em seus dezoito anos. Rápida e inesperada como uma estrela cadente, a felicidade não se deixava apreender, sendo coisa de se guardar tão somente na memória.

Quando íamos a Lajedo dos Ventos, geralmente minha avó passava primeiro na agência dos correios para pegar a correspondência e depois, no banco, onde sacava dinheiro e fazia pagamentos. Depois seguíamos para o açougue, onde ela se demorava em conversas com os balconistas enquanto escolhia as peças de carne: um pernil de carneiro, costelas,

linguiça de porco, fígado, contrafilé, alcatra moída para meu cachorro-
-quente e músculo para a sopa mais deliciosa do mundo. Bichos de
pena, minha avó negava-se terminantemente a comer. Tínhamos peixe
para o almoço nos dias em que Rosiel a presenteava com um tucunaré,
um curimatã, uma tilápia, pescados por ele mesmo em um açude não
muito longe dali.

Às vezes, passávamos também na loja de tecidos. Minha avó se en-
tretinha ali por algum tempo, experimentando a textura das fazendas,
deitando-as sobre os ombros em forma de echarpe e volteando em
frente ao espelho, diante do sorriso esperançoso da vendedora. Por
último, antes de tomarmos o caminho de volta para casa, vovó Sarita
me puxava pela mão para a igreja, quase sempre deserta àquela hora do
dia. Paredes brancas, colunas redondas, janelas altas, teto ornado aqui
e ali do veludo preto de algum morcego, nenhum vitral nem pintura.
No altar, apenas castiçais, a Bíblia e vasos com flores-do-campo. Depois
de se persignar, puxava-me para um dos bancos próximos ao altar. O
ar recendia a madeira e cera derretida. Naquela quietude, chegava a
cabecear de sono e, se não fosse por minha avó, eu me espicharia no
banco e dormiria ali mesmo.

Quando me sentia entediada, e autorizada por vovó Sarita, pegava
a Bíblia no altar. Para meu pai, um livro de ficção; para minha avó, um
livro santo. Santo? Abimelec, filho de Gedeão, matou setenta irmãos.
Em obediência a uma ordem divina, Abraão quase matou Isaac, o seu
único filho. Por terem zombado da sua careca, Eliseu amaldiçoou, em
nome de Deus, quarenta e dois garotos, que acabaram sendo despedaça-
dos por duas ursas. A pedido da sua amante, Herodes ofereceu-lhe, em
uma bandeja, a cabeça de João Batista. Por cultuar o deus dos fenícios, e
não o Deus bíblico, Jezebel foi jogada pela janela e Jeú passou sobre seu
corpo, que depois foi devorado por cachorros. Saul, Samuel, Salomão,
Davi, todos ferozes assassinos de multidões. Cabeças decapitadas, mãos
e pés decepados, corpos apedrejados. Assombrada com a carnificina,
devolvia o livro ao altar e voltava a espiar minha avó.

Achava curioso que ela não se ajoelhasse, não cerrasse os olhos, não movesse os lábios em oração silenciosa, não entrelaçasse as mãos nem as usasse para desfiar as contas do rosário, como eu já vira outros fazendo. Nenhuma reverência. Apenas olhava fixamente para a frente, para o altar e a grande cruz ao alto, onde um Jesus grosseiramente esculpido abria os braços, o rosto desproporcional para o tamanho do corpo.

Um dia perguntei-lhe o que a levava ali. Talvez estivesse a passar o tempo, a repousar, a se aliviar das ruas encaloradas. Respondeu-me que conversava com Deus. Não quis indagar como se dava aquela conversa, o que não significa que eu não morresse de curiosidade por saber como, por exemplo, funcionava a mente de Deus ou o que quer que nele se assemelhasse a isso. Queria saber o que Deus pensava, sobretudo, sobre sua criatura considerada maior, o ser humano. Por que Deus olharia para mim, como vovó me garantira, se eu não era miserável o bastante nem possuía força ou luz que pudessem chamar a atenção divina? Além disso, como Deus determinava o destino de cada ser humano, se cada um era senhor da sua vontade e de suas escolhas?

Para minha avó, fora da fé em Deus não havia nada que preenchesse o imenso vazio do ser humano, e lhe soava absurdo que alguém não tivesse a sua crença. Quem desacreditava em Deus deveria acreditar em quê? Em coisas? Não dava para acreditar em pessoas. Mas minha avó não se prestava a falar sobre aquele tema e afirmava que não cabia a ninguém explicar Deus, grande demais para a mesquinha inteligência humana, e que as crenças, assim como os amores, eram de natureza íntima, não merecendo ser partilhados com quem não possuía o mesmo credo nem amava o objeto do seu amor.

Durante muito tempo, quando criança, acreditei que o Deus da minha avó Sarita habitava um espaço indefinido por trás das nuvens e que sua ocupação, durante todas as horas do dia, fosse decidir a vida das pessoas e até as coisas mais banais, como partidas de futebol. Meus pais não compartilhavam da fé de vovó Sarita. A religiosidade da minha mãe sustentava-se em uma diversidade de singulares divindades orientais, com corpo humano e cabeça de elefante, orelhas imensas, um monte de rostos e uma penca de braços, cujas imagens, em madeira ou resina, ela arrumava num altarzinho com velas, cristais, incensos, uma jarra com flores, um punhadinho de terra e uma pequena fonte elétrica, onde a água nunca parava de correr. O Deus do meu pai passava longe dos deuses incomuns da minha mãe e do enigma que envolvia o de vovó Sarita. O Deus do meu pai era pura matéria, o sangue nas artérias do homem, as rochas vulcânicas, o magma nas profundezas da Terra, os planetas, as galáxias, o *big bang.*

Durante aqueles passeios, ou quando nos enfurnávamos na cozinha e ainda, em noites contemplativas no alpendre, minha avó falava-me demoradamente de sua infância e adolescência, e, com menos frequência, do casamento. Talvez porque sentisse que as lembranças da vida com meu avô não me fascinavam tanto quanto as histórias da menina impetuosa e suas descobertas do mundo, que era essencialmente a natureza com os seus mistérios e belezas, numa largueza de tempo e de vontade. Justificava a mínima interferência dos pais, dizendo que aqueles eram outros tempos. Às vezes, contava algo sobre a infância dos filhos, e me parecia que o tio Hermano sempre fora dócil, afetuoso, ligeiramente travesso, enquanto meu pai, de temperamento indomável e voluntarioso, mostrara-se desde cedo exigente de que as coisas se fizessem ao seu modo. Vovó nunca mencionava tia Clara. Uma única vez me disse que a filha fora uma garota rara, assim como eu, e, nesse momento, abraçou-me em lágrimas.

Suponho que as pessoas tenham acabado por se acostumar com a beleza da tia Clara tanto quanto com sua morte. À exceção da minha avó, nunca encontrava ninguém parado diante das fotografias emolduradas que adornavam quase todas as paredes da casa. Olhá-la em poses de artista, sozinha, ao lado da mãe e do pai, com os irmãos ou abraçada ao namorado, fazia-me lamentar a má sorte de não me parecer com ela. Acreditava que, se eu houvesse herdado o rosto de traços harmônicos e o corpo bem definido da minha tia, o mundo seria muito mais gentil comigo.

Uma de suas imagens impressionava-me particularmente. Tia Clara subira em uma árvore e, de lá do galho onde montara, olhava séria e diretamente para a câmera ou para a pessoa que a fotografava de baixo. Em seu olhar havia algo que me obrigava a continuar ali, uma energia concentrada, uma obstinação secreta, e me perguntava onde e em que circunstância eu me deparara com aquele olhar. Nas demais fotografias, exibia um sorriso de gente feliz, o que para mim não poderia ser diferente, sendo ela filha da minha avó. Enganava-me. Pouco ou nada se sabia a respeito de tia Clara; sua existência, um território proibido, intocável. Só muito mais tarde me puseram a par de detalhes da sua vida e da sua morte. Heitor, Eufrosine e eu não chegamos a conhecê-la. Minha mãe, tampouco. Quando ela e meu pai se conheceram e começaram a namorar, tia Clara já não pertencia a este mundo. Meu pai dizia que a irmã fora a moça mais bonita da cidade. Sobre sua morte, limitava-se a mencionar um acidente automobilístico. Minha mãe me alertara que aquele assunto desagradava a meu pai e entristecia minha avó. Sem permissão para tentar elucidar os olhos baixos e as evasões que se evidenciavam à alusão ao seu nome, eu me deixava estar diante da fotografia da árvore, perturbada com aquele mistério que minha tia Clara carregava no mel dos olhos, e me dizia que seu nome de jeito nenhum combinava com o que sabíamos dela.

dezessete

Uma enfermeira com olhos de cabra me diz que hoje é meu aniversário e força os lábios em um sorriso piedoso. Meu aniversário. Ninguém em casa se lembrou. Nem vovó Sarita. Nem eu mesma. Como poderia me lembrar, se todos os dias continuam sendo o mesmo dia, se eu permaneço lá, pregada na tarde de céu chamejante? Se ainda me ardem os olhos no incêndio de outros olhos e o cheiro de bicho me envolve como uma segunda pele? Se o vento nas vagens das cássias percute ainda em meus ouvidos?

dezoito

Ontem assisti na TV a uma reportagem local sobre a morte de um leão. Entrevistado, o diretor do jardim zoológico assegurou que o animal morreu de velhice, enquanto um dos empregados, responsável por alimentá-lo, admitiu à morte por fome. A câmera mostrou a jaula do bicho vazia, outra com um casal de onças, uma terceira onde se entocava um tigre de aparência debilitada, o viveiro de aves exóticas, o lago com os pedalinhos estacionados embaixo de um bambuzal e, visíveis por um segundo apenas, a tela que limita o zoológico e a ruazinha enladeirada. Por trás dela, o prédio de quatro andares erguido no espaço onde um dia existiu o *Mundo Estranho*.

Lembro-me da primeira vez em que reparei na casa abandonada. Estávamos diante do serpentário, eu de costas para o imenso fosso onde um píton exibia-se sob o olhar hipnotizado de Demian. De passagem pela cidade, a serpente era a excentricidade do momento. Pela cerca de tela, avistei a casa e em um segundo já estava arrastando Demian pelo braço na direção da saída.

Logo estávamos no interior da habitação. Sem porta nem janela, de paredes rachadas e reboco caído, o teto lembrava um favo de abelhas gigantes. Demian me guiou pelo corredor penumbroso até os fundos. Na cozinha pequena, uma porta se abria para a área ensolarada onde havia um tanque de lavar roupa — cheio até a borda com garrafas de cerveja vazias — e uma árvore com uma copa carregada de fruta-pão e passarinhos.

Foi Demian quem deu nome ao lugar, *Mundo Estranho*. Passamos a ir lá pelo menos uma vez por semana. Eu me encarregava do lanche para dois — sanduíches frios de muçarela e presunto, maçãs ou bananas, biscoitos de baunilha ou de leite, porque ele desgostava dos meus preferidos, os recheados com chocolate — e Demian levava água e revistas em quadrinhos. Uma espécie de piquenique. Tardes inteiras sob a copa da árvore-do-pão, encostados em seu tronco, lendo, trocando ideias, comendo, ouvindo o canto dos pássaros. Um espaço tão somente nosso. Nosso mundo secreto.

Um dia, chegamos lá e haviam demolido o que restava da casa. No local, encontramos apenas um buraco e uma placa com o anúncio da construção de um prédio comercial. Sem aviso, fomos exilados do nosso *Mundo Estranho*, que logo se transformaria em um mundo qualquer de lojas, escritórios e consultórios médicos.

De pernas trêmulas, o coração estrondando nos ouvidos, aproximei--me da árvore-do-pão. Tombados ali, tronco, galhos, folhas, brotos, as raízes manchadas de terra, retorcidas como se houvessem lutado ferozmente para se manterem presas ao chão. O pé de fruta-pão era ainda a nossa árvore, a mais triste que eu já vira. Por um segundo, toda a estranheza do nosso mundo vacilou diante dos meus olhos nublados, e eu tive que me sentar sobre os calcanhares para não desabar junto com ele. Em pé, ao meu lado, Demian, de olhos cerrados, franzia o rosto em careta.

Então, lembrei-me dos filhotes de pássaro nascidos poucos dias antes e corri a procurá-los entre a folhagem. Na semana anterior, descobríramos a sombra de um ninho arrumado no alto da copa, de onde suspeitávamos que partissem os piados miúdos. Encontrei apenas uma meia concha de raminhos secos, onde se enganchavam penas e cascas de ovos. Só não me abandonei ao choro, com toda a intensidade de que se fazia meu choro, por conta da presença de Demian.

Nunca mais tivemos outro *Mundo Estranho*.

Passados aqueles quarenta dias em *Saudade*, e com o recomeço das aulas, tornei a um mundo igualmente estranho, ainda que de uma forma diferente. Um mundo que não me acolhia, que me jogava brutalmente para lá e para cá, sem que eu pudesse me equilibrar sobre seu piso móvel ou me apoiar em suas paredes de vidro.

Vovó Sarita tentara, em vão, convencer-me de que meu pai também sofria, conhecia o filho, "Ele amarga a dor e a vergonha do erro, sim, senhora, e, se te desapontou, paciência! Somos todos, sem exceção, vulneráveis, insuficientes, falhos, e às vezes nossos sonhos mais caros são esmagados justo por aqueles que nos amam".

O que acontece quando um sonho se desfaz? Minha avó dizia que as pessoas crescem e seguem em frente, sendo esse o sentido da vida; imprevisível, às vezes medonha, mas nossa vida. Era preciso coragem, "Coragem, Marrã!", porque a vida não se resumia a sombra e água fresca nem era algo de que tivéssemos o controle. Vovó esperava que eu parasse de me lastimar e de agir como uma selvagem, afinal, "O que não tem remédio remediado está". Em outras palavras, não havia saída para mim. Ou eu engolia Thalie, ou morria sem respirar com ela encalacrada na garganta.

Não perguntei à minha avó se ela conhecia algo mais triste do que perder um amigo quando se tem apenas um. Do contrário, ela por certo teria respondido que sim, perder um filho era a mais infeliz das realidades, a mais triste de todas as perdas. Todavia, em se tratando da minha avó, teria dito ainda mais, e talvez eu houvesse encontrado em suas palavras um alento, uma indicação de caminho em direção à luz.

Tampouco lhe contei sobre o que eu achava mais admirável em Demian, exatamente o que o diferenciava dos demais garotos. Além de ser intelectualmente mais esperto do que a maioria dos colegas, sem se mostrar convencido daquela superioridade, não costumava sair em grupo nem dava a alma por um campeonato de futebol; desprezava as boy bands, não perdia tempo respondendo a perguntas ridículas nos cadernos de enquetes que as meninas carregavam para baixo e para cima nem comparecia aos bailinhos improvisados em garagens — e quem não dava o ar da graça nos bailinhos era tratado como se não existisse. Obviamente aquilo não valia para Demian, que existia por ele mesmo, em sua suficiente medida, indiferente a represálias mesquinhas.

Nunca me convidavam. Um dia, inesperadamente, uma garota de uma classe mais adiantada que a minha, que se achava a oitava maravilha do mundo e cujos pais se consideravam amigos dos meus, mandou-me um convite formal para sua festa de quinze anos. Minha mãe alegrou-se como se o convite fosse destinado a ela, e dentro daquela alegria me levou a uma loja para que eu escolhesse um vestido. Eu abominava vestidos; caíam-me muito mal. Só eventualmente, em ocasiões especiais e por insistência dela, eu os usava. Recusei-me a voltar para casa com qualquer um daqueles que a vendedora pacientemente colocou, um a um, diante dos meus olhos amuados. Tal decisão acabou me saindo pior; minha mãe voltou à loja e comprou um vestido rosa-choque com estampa preta, cortado à altura dos quadris, em um modelo que, segundo ela, alongava a silhueta.

No dia da festa, ao me ver de vestido, Heitor disparou na gargalhada. Perguntei-lhe qual era a graça e ele não me respondeu. Continuou apontando para mim e se dobrando, chorando de tanto rir. Pedi que parasse, e ele lá, solto no deboche. Quando estava a ponto de voar sobre o demônio, minha mãe apareceu: "Pelo amor de Deus, o que está acontecendo aqui?", e o estúpido relinchou que eu estava igualzinha à embalagem de um Sonho de Valsa.

Se Heitor não tivesse a mão tão pesada, teríamos nos atracado e lutado ferozmente, até que minha mãe surgisse e nos separasse. Mas o animal crescera para todos os lados — como estapear um orangotango sem ser trucidada por ele? Vivíamos às turras. Certa vez cheguei a desmontar uma cadeira em suas costas. Heitor fazia coisas extremamente repugnantes para me provocar. Arrotava, soltava pum, metia o dedo no nariz e em seguida na boca, abraçava-me todo suado do treino ou bocejava mil vezes seguidas diante dos meus olhos — aquilo se assemelhava a uma doença contagiosa; sem que eu conseguisse parar de abrir a boca, doíam-me os maxilares.

Quando minha mãe se encontrava em casa, ela intervinha com gritos e safanões e nos chamava de "cãezinhos dos infernos". Nós nos afastávamos, ele exibindo um sorriso desafiador e eu resmungando e chorando, cega de raiva. Se, porém, ela estivesse no trabalho, lutávamos estupidamente até um dos dois desistir, quase sempre eu.

Daquela vez, mandei-o se ferrar e escapei correndo para o banheiro. Tranquei-me e, diante do espelho, conferi. Do lado de fora, minha mãe implorava que eu abrisse a porta e me trocasse, se o problema era o vestido. Todavia, a gozação de Heitor e minha imagem refletida no espelho já haviam me amargurado. Além do mais, o que eu faria naquela festa senão comer, comer, comer? Quem se aproximaria de mim? Com certeza, nenhuma das convidadas. Além do mais, Demian não estaria lá. No fim das contas, não perderia nada ficando em casa.

Tinha muito a contar à minha avó sobre meu amor por Demian, sobre ele e sua firmeza no jeito sensível de ser, o gosto musical, o amor aos mangás, a reverência a Carl Sagan e Max Planck, a veneração ao cinema. Talvez o cinema, tanto quanto a física cósmica, ocupasse em sua vida o mesmo espaço que os livros na minha. Demian não se restringia a produções sofisticadas, fazia questão de conhecer tanto os filmes inconvencionais quanto os voltados para o grande público. Gastava horas falando sobre a fantasia espacial de George Lucas, as narrativas high school de John Hughes, a estranheza dos personagens de Peter Weir, as alegorias de Wim Wenders, e, embora eu ignorasse grande parte dos filmes citados, sentia um enorme prazer em ouvi-lo.

A primeira vez que me convidou para uma sessão, anunciou no maior alarde que a direção do filme era de John Hughes, o grande John Hughes, e eu, que ainda não o ouvira falar sobre esse diretor estadunidense, disfarcei a ignorância com um "Ah!" de deslumbramento fingido. Iríamos ver *O clube dos cinco*. O filme, lançado alguns anos antes, estava em exibição na sessão de arte do cinema recém-inaugurado em nosso bairro.

Sentamos um ao lado do outro, na penumbra, e aquela era uma circunstância nova e favorável ao desejo de que me tomasse a mão e a prendesse firme e suavemente na sua — às vezes, para atravessar uma rua, ele me puxava pela mão; eu sonhava que aquele instante pudesse se eternizar e passava o resto do dia sem lavá-la. Ao ajeitar os braços no descanso da poltrona, minha mão encostou levemente na dele; fui apanhada por um arrepio que começou no couro cabeludo, desceu pela nuca bem devagar e se alastrou pelas costas. Logo o arrepio se transformou em busca-pés me correndo pelas pernas, rojões espocando na barriga e um foguete se preparando para disparar em meu peito.

Demian era um sol explodindo dentro de mim, tudo tão grande e tão quente que chegava a doer.

De vez em quando eu o olhava de rabo de olho. Mostrava-se tranquilo, enquanto eu cruzava e descruzava as pernas e não arranjava lugar onde colocar as mãos, que derretiam como duas pedras de gelo, ora sobre as pernas, ora cruzadas no peito. E me encolhia e me espichava, e me enterrava na poltrona a ponto de não enxergar a tela. O mais curioso é que, ao lado de Demian, eu não conseguia parar de pensar nele e de me perguntar se, da mesma forma, estaria pensando em mim.

Àquela altura, com o elástico me pinicando impiedosamente a cintura, já me arrependera de ter tomado emprestada a saia de Eufrosine. Arrependera-me, sobretudo, porque Demian, ao me encontrar, dissera: "Nossa! Como você ficou diferente de saia e sandálias!" e, pelo olhar, pela entonação da voz, percebi que a novidade o desagradara. Lamentei não ter saído no meu estilo jeans, camiseta e tênis. O problema é que nenhuma camiseta era comprida o suficiente para ocultar o volume do absorvente higiênico em meu traseiro, e, por mais que Eufrosine me garantisse que ninguém perceberia, bastava que eu passasse a mão lá atrás para duvidar da sua certeza.

As coisas começaram mal na véspera, com a chegada da menstruação, e seguiram assim durante as duas horas de exibição do filme. Em vão esperei que me tomasse a mão, mais tarde me abraçasse e já quase no fim do filme me beijasse a boca, porque era assim que as coisas deveriam acontecer, ou eu imaginava que fosse. Insatisfeito, meu coração inventava mil e uma razões para a indiferença de Demian: timidez, insegurança, medo de que eu o rechaçasse.

Ao final da exibição, já a caminho de casa, comentou a atuação dos atores e a psicologia dos personagens, entre outras qualidades do filme. Tudo que eu sabia era que a história se passava em uma escola para adolescentes americanos; limitei-me a sacudir a cabeça e a repetir suas palavras, afetando um entusiasmo que me passava longe.

Naquela noite, levei uma eternidade para adormecer com aquela esperança batucando em meu coração, Demian-Demian, Demian--Demian, Demian-Demian.

Parece que foi ontem. Em nossos longos passeios à beira-mar, descalçávamos os pés, nos sentávamos na areia seca e ficávamos lá toda a vida, o sol na pele, o vento no rosto, o olhar perdido na vastidão do mar. As ondas de cristas brancas vinham de longe, um rolo de água que decrescia até se transformar em ondinhas rasteiras a se desvanecer no tapete branco. Às vezes, assistíamos da calçada ao assombro do vento chicoteando as ondas, que se erguiam feito um animal titânico, uma montanha que vinha quebrar próxima à calçada, inundando de água e espuma toda a faixa de areia, em pancadas de mundo se acabando. Demian passava um braço sobre os meus ombros, eu estremecia e lhe dizia: "Caramba! Como está frio!", e ele me puxava para mais perto.

Junto de Demian, eu olhava o mundo nos olhos, qualquer mundo, o mais feio e o mais fascinante.

Agora havia Thalie, e, mesmo com o tempo vestido de primavera, eu caminhava cega para as flores dos jambeiros que forravam as calçadas, insensível ao perfume das acácias que incensava a cidade. Cerrava os olhos para o espelho do mar que se descortinava da minha janela e me recu-

148

sava a pisar a areia da praia, até que Demian estivesse outra vez ao meu lado, porque nisso eu punha toda a minha fé: que ele acordasse, voltasse a me enxergar e reconhecesse o mau sonho que o distanciara de mim, jogando-o nos braços de uma garota que não sabia lhe contar as histórias dos livros e com quem nunca tivera um *Mundo Estranho* — aliás, nenhum mundo, porque os mundos levavam tempo para serem construídos.

Eventualmente, na escola, trocávamos uma ou outra palavra, mas algo entre nós se partira de uma forma irreparável. Eu não o procurava. Para quê? Demian não era mais o meu Demian. Quem teria inventado aquele ali? Eu não era mais eu. O que fora feito de mim? A vida não parava. A vida não voltava atrás. E eu sabia, a despeito de não querer saber, que nunca, nunca mais teríamos um ao outro.

O que me restava, senão fazer o que tinha de ser feito?

Logo chegou julho, e fomos passar o mês com vovó Sarita. Faltava apenas uma semana para o fim das férias quando me disseram que Demian não tardaria a chegar. Aquela informação transtornou-me. Ele nunca manifestara o mínimo desejo de conhecer *Saudade*. Quem o convidara, afinal? Minha avó esclareceu que Thalie havia lhe implorado que fizesse o convite, que conversasse com tia Gertrude por telefone, e foi ela quem avisou que o filho chegaria no ônibus do fim da tarde. Aquelas palavras, que normalmente teriam me feito pular de euforia, zumbiram em meus ouvidos feito milhões de abelhas enlouquecidas, enterrando em mim seus ferrões venenosos.

Meu pai e Thalie foram buscá-lo em Lajedo dos Ventos. Minha mãe insistiu para que eu os acompanhasse, mas lhe dei uma desculpa e fui me esconder no quarto, o peito estralando. Usei a bombinha inaladora, contando os minutos para usá-la outra vez e mais outra vez; só sosseguei ao ouvir o som dos pneus no cascalho do pátio.

Demian saltou do carro numa indisfarçável alegria, seguido por Thalie, que a partir daquele instante não o largaria hora nenhuma. No alpendre, depois de abraçar todo mundo e entregar à minha avó uma lembrança que tia Gertrude lhe enviara, arriou numa das espreguiça-deiras, estirou as pernas, abriu bem os olhos para o dia que se findava em sombras e sons indistintos, e me fez perguntas sobre *Saudade*. Eu lhe respondi com falso prazer; a fala fácil, cheia de adereços, embora lutasse com a amargura que teimava em me puxar a boca e os olhos para baixo. Nas tragédias shakespearianas, nada era o que se mostrava ser; por trás dos títulos honrosos e das aparências nobres das pessoas, havia sempre algo obscuro e escorregadio, a verdadeira natureza de cada uma delas; meu pai e eu ficaríamos bem como personagens de Shakespeare.

Naquela noite, minha avó esmerou-se no jantar de boas-vindas a Demian. Em meio ao som de vozes e risos que me lapeavam o coração, fartei-me da sopa de macaxeira, do pernil de porco e do arroz ao alho--poró. Por último, o mungunzá doce fez um bolo em minha boca e esperneou na garganta como coisa de não comer. Minha mãe, sentada à minha frente, percebeu minha agonia e perguntou se eu estava bem, ao que respondi: "Estou ótima, mãe", e esperei apenas que vovó servisse o café para escapar dali.

Após me desafogar do mungunzá renitente, busquei-os no alpendre, já refestelados nas espreguiçadeiras, em balbúrdia de risos e palavras que me alvejaram como coices certeiros, abrindo-me no peito um buraco profundo de onde a Coisa me espiava, as asas feridas, os olhos sangrentos. Com exceção de minha avó, que permanecera na cozinha, estavam ali meus pais, Thalie, Demian, Eufrosine e Heitor. Era terrível que eu me sentisse tão sozinha, e mais terrível ainda que os odiasse com tanta violência — em nossas conversas, uma vez vovó Sarita me perguntou: "De onde você tirou a ideia de que isso é ódio, Marrã?" E podia ser o quê? Como acreditar naquela história de que o amor não se fazia só de ternura e beleza, que o amor podia ser ruim, duro, amargo, que o amor podia se tornar escuro?

Desapareceram na primeira manhã. Procurei-os por todos os lugares, até nos mais improváveis, como na casa abandonada que, nos tempos do meu avô, servira de celeiro para colheitas de milho e feijão. Nenhum vestígio deles. Ninguém sabia do paradeiro de Demian e Thalie. Talvez tivessem saído de *Saudade*. Montados em Soberano, poderiam ir longe. Sentindo minha aflição, vovó me indagou três ou quatro vezes em que vespeiro eu me metera. Como eu não lhe respondesse, mandou-me sair da cozinha, que eu fosse dar umas voltas, tomar sol, apanhar umas frutas no pomar.

Surgiram na hora do almoço, e Thalie me pareceu a de sempre, corada de sol, exalando um cheiro adocicado de laranja-do-céu misturado a protetor solar e sorrindo com naturalidade. Em Demian, porém, percebi algo que me fez perder o fôlego. Além de relancear para Thalie um olhar de contentamento, que ela retribuía em entendimento mudo, mostrava-se risonho e tagarela além da conta, exageradamente autoconfiante, os olhos brilhantes, a voz a insinuar uma inquietação que o traía.

Não consegui comer o bife à milanesa e o feijão-verde, que vovó refogara na manteiga da terra, cebola e pimenta dedo-de-moça. Cisquei a comida no prato, afastando-a para as bordas, e me entalei com o pudim de leite molhado na calda de ameixa, que normalmente eu repetia, e, sem a vigilância da minha mãe, comia até me rechear. A Coisa, gelada feito um polvo do mar siberiano, movia-se pelas paredes do meu estômago, grudando as ventosas e me sugando a alma com ferocidade.

Depois do jantar, Demian me chamou para jogar cartas com eles. Agradeci e dei a desculpa de que não conseguiria esperar até o dia seguinte para terminar a leitura de uma obra-prima. A verdade é que, depois da notícia da sua chegada, não lera uma única linha de *Crime e castigo*, nem leria naquela noite nem nunca mais.

Entrei em pânico quando sumiram na manhã seguinte e, novamente, na outra. Morreria se não interpelasse minha avó sobre aqueles passeios para os quais nenhum de nós fora convidado. Erguendo as sobrancelhas, vovó Sarita disse que Demian pedira permissão para levar Thalie ao açude grande e aos sítios vizinhos, de maneira que ela pudesse conhecer um pouco além de *Saudade*, e que não havia nada de mau nisso, que eu deixasse de ser ciumenta como a minha mãe e fosse ler ou me banhar no riacho. Contudo, o sentimento que me desarvorava era muito maior do que o ciúme.

Minha avó sempre falava a coisa certa, mas daquela vez a coisa certa não me fez sentir melhor. Encarei-a sem piscar, com uma única lágrima pairando em um dos olhos, e afastei-me antes que ela escorresse, esmagada pelo desejo de que algo fizesse vovó enxergar o equívoco que era bajular a outra.

No dia seguinte, levantei-me mais cedo do que costumava. Vovó estava preparando umas torradas. Ao dar comigo na cozinha àquela hora, perguntou por qual razão eu acordara tão cedo. Eu lhe disse, com uma voz que não parecia minha, que ia assistir à ordenha das vacas de Rosiel, e ela retrucou: "Mas há muito que a ordenha terminou!" Tentei remendar o engano, dizendo que sairia em busca de pedras para minha coleção. Balançou a cabeça e estalou a língua no céu da boca, o que interpretei como um gesto de reprovação.

Saí de fininho em direção ao sítio de Rosiel e, ao cruzar o jardim e o pátio, tive o impulso de me virar. Lá estava minha avó, debruçada à janela da sala, talvez se perguntando quais motivos eu teria para lhe mentir.

Apressei o passo, receosa de que me chamasse e eu fosse obrigada a voltar e abrir mão do meu plano. Mais à frente, abandonei o caminho dos carros e tomei a trilha à esquerda. Em um trecho que se estreitava, uma vaca branca, recendente a leite e capim, barrou-me a passagem. Fiz um gesto com a mão na tentativa de afastá-la e ela apenas abanou a cauda, espantando umas varejeiras que teimavam em se instalar ali. Como eu não temia chifres nem cascos bravos, bastaria que eu a contornasse, mas eis que meus olhos caíram dentro dos seus e me vi submersa em uma tristeza piedosa, que me paralisou. Ela sabia. A vaca sabia de mim.

Por sorte, Rosiel surgiu nesse instante e, acariciando o dorso do animal, sussurrou-lhe algo que não me chegou aos ouvidos. A vaca afastou-se naquele jeito lento de existir, e eu, sorrindo agradecida, indaguei-lhe como conseguira convencê-la a voltar para o pasto. Rosiel gargalhou e falou que, na lida com algumas espécies de animal, acabara por criar uma linguagem secreta com eles. Encorajada por sua atenção, disse-lhe que estava indo justamente ao seu sítio para lhe pedir emprestado um dos cavalos de montaria, iria acompanhar Thalie e Demian no passeio que eles fariam logo mais. Rosiel conduziu-me ao estábulo e selou Passarinho. Montada nele, danei-me para o coruto de um morro, de onde poderia avistar o caminho que os dois tomariam.

Esperei umas duas horas, comichando de impaciência, o olhar pregado lá embaixo, no tapete verde cortado pela fita parda e sinuosa das águas do riacho e pelos contornos acinzentados e compactos dos lajedos, tudo borrifado de luz.

Então, eles surgiram, os farsantes, levantando poeira nas patas de Soberano. Thalie na garupa, agarrada firmemente à cintura de Demian. Atravessaram a revência do açude pequeno e uma cancela de arame farpado, que Demian abriu sem precisar desmontar, e rumaram em direção à pedreira abandonada, quando sumiram do meu campo de visão. Montei e segui no encalço dos dois. A certa altura, quando já me encontrava a menos de cem metros da pedreira, apeei do cavalo, amarrei-o ao tronco de uma cajarana e, na maciez de um gato-do-mato, fui abrindo passagem por galhos e ramagens, até enxergá-los.

De uma distância segura, oculta atrás de um renque de ingazeiras, assisti ao que eu nunca testemunhara, ao que eu nunca tivera, ao que eu nunca viria a ter.

Sentada na grande pedra, Thalie contemplava o horizonte ao seu redor, por certo fascinada com aquele reino de árida beleza, os lombos dos lajedos milenários, lavrados aqui e ali por lagartixas imóveis e caroás rosados, enquanto Demian, ao lado, mantinha um olhar de adoração sobre ela. Imóveis como numa pintura. Então, ela se voltou para ele e sorriu, e ele lhe ajeitou uns fios de cabelo que haviam se soltado do rabo de cavalo e enfeitou-lhe as orelhas com florezinhas silvestres, depois segurou o rosto dela entre as mãos e, por fim, beijaram-se, lábios, dentes e língua, tudo longamente misturado.

Thalie me roubava mais um dos meus sonhos.

Quis fugir, mas as pernas não me obedeceram. Uma mão enfiou-se em minha garganta, forçando para baixo, para o coração encolhido, onde uma ave com patas de cavalo passarinhava loucamente, o ar escondido em algum lugar inacessível. Temerosa de que pudessem ouvir os pios e chiados que irrompiam do meu peito, juntei meus pedaços e engatinhei até onde deixara amarrado o animal de Rosiel. Trôpega e sem ar, não sei como consegui montar e me afastar dali.

Com frieza de morta, disparei pelo enredado de touceiras e cipós, às cegas, com a terra tremendo e desmoronando sob as patas do cavalo.

Foi Rosiel quem ouviu o baque. Encontrou-me desmaiada ao pé de uma cerca próxima à sua casa. Carregou-me nos braços. Depois de me ajeitar no sofá da sala, sob o olhar espantado da mulher e dos filhos, e me fazer beber um copo de água com açúcar, correu para avisar vovó Sarita e meus pais.

Teria gostado de dizer à Thalie que não se pode ter tudo impunemente, porque era nisso que eu pensava a caminho de *Saudade*, deitada no banco de trás do carro dos meus pais, inalando a medicação da bombinha que minha mãe teve a prudência de levar. Do fundo da minha dor, teria gostado de lhe dizer o quanto era injusto que nada lhe faltasse e também perverso que, para outros, muito ou quase tudo lhes fosse negado. Também teria gostado de lhe enfiar as unhas e os dentes no rosto, cobri-la de saliva e insultos e mandá-la embora; que regressasse para o seu país e contasse aos amigos sobre uma menina selvagem que não a perdoava, simplesmente por ela existir.

Nunca cheguei a lhe dizer o que transbordava do meu coração. Cada vez que nossos olhos se chocavam, eu abaixava a cabeça, vencida por tudo o que vinha de cima, do alto da sua perfeição e invulnerabilidade. Em Thalie, não se via nenhuma deficiência, nenhum leve desvio de conduta, nada que a desqualificasse, que a tornasse um de nós.

Meu ódio, feito uma calda ao fogo, engrossava mais um pouco e se dilatava em bolhas que me ferviam o coração.

dezenove

Por que as coisas se perdem de nós? Como se perdem sem que percebamos? Fiz essas perguntas à vovó Sarita na primeira vez em que foi me visitar no hospital. Ela não me respondeu como nem por quê, disse apenas que todo mundo perde, e perde muito, ilusões, amores, juventude, e acrescentou que todo mundo magoa e é magoado, todo mundo sofre. Assim é a vida, e assim são as pessoas, cada um com sua luz e sua sombra. Acrescentou que eu não era mocinha nem vilã, mas Aglaia Negromonte, filha dos meus pais, irmã dos meus irmãos, neta da minha avó, uma garota inteligente e encantadora.

O pudim de leite que ela me levou entristeceu em minha boca. Fui cuspir a porção no bojo do banheiro, perguntando-me como uma garota deformada como eu podia ser encantadora. Será que nem minha avó consegue alcançar o que vai em meu coração? Mas não dei de ombros nem intimamente a mandei se danar, como faria se ela fosse outra pessoa. Não podia perder mais nada. Não podia perder mais ninguém. Ao menos naquele instante aquilo me pareceu muito claro e muito simples. Só precisava me convencer de que eu era melhor do que realmente era.

Foi por não ter dado ouvido às palavras da minha avó que conheci a tristeza mais triste. Foi por não ter conseguido acreditar nela que acabei perdendo uma parte substancial de mim, como uma borboleta esmagada com crueldade tem as asas reduzidas a pó.

vinte

Às vezes, sentimentos obscuros e circunstâncias alheias à nossa vontade nos obrigam a seguir por caminhos que não escolhemos. Sei onde a menina miserável e ferida de morte foi apanhar o ímpeto selvagem para fazer o que fez. Bem ali, no espaço secreto, inacessível às pessoas que a amavam, onde a pureza das trepadeiras de jasmins, dos pastos, das pedras, das nuvens e das estrelas não chegava, ali onde um pássaro de bico ensanguentado martelava "a grande fúria do mundo". Nem mais nem menos no centro da minha dor.

A princípio, rejeitei a ideia que se acendia e se apagava em minha cabeça, que me vinha em flashes, como a lembrança de algo que já ocorrera. Depois, aferrei-me a ela com obstinação de aranha na tecedura da sua teia, uma monstruosa e solitária aranha, e afiei-a junto com o sentimento que vibrava em mim. Então a ideia se desenvolveu, fio a fio, e cresceu e deu voltas, até me envolver completamente como um véu.

Eu não conhecia nada sobre envenenamento, mas sabia que Rosiel, como bom criador e homem do campo, armazenava herbicidas, pesticidas e inseticidas na garagem colada à sua casa. Usadas na medida certa, aquelas substâncias dariam fim a mais do que insetos destruidores de lavouras, a muito mais do que pestes de ratos e morcegos. Enquanto traçava os últimos detalhes do meu plano, sem que ninguém desconfiasse do quanto eu podia ser ardilosa, andei distante da minha avó e dos outros, vagueando pelo meio do mato, falando sozinha, perdida em delírios de amargura e vingança — eu, a mais pura personagem de Shakespeare, construía minha própria tragédia.

Esperei que todos dormissem e deslizei cautelosamente pelos fundos da casa. Escolhi mal a noite, a mais longa da minha vida. Havia menos que uma meia-lua pendurada no céu, de um amarelo pálido, como se chovesse em seu interior. E eu me vi obrigada a usar a lanterna para descer pelo atalho que contornava a cerca da propriedade de Rosiel, onde mais cedo eu escondera uma bacia entre touceiras de bananeiras. Ainda que fosse impossível encontrar escama de dragão, vísceras de tigre e dente de lobo, em *Saudade* existia quase tudo o que uma bruxa shakesperiana necessitaria para o preparo das suas poções: olhos de lagartixa, perna de lagarto, dedos de rã, ferrão de escorpião, asa de coruja, pelo de morcego. No meu caldeirão, porém, coloquei apenas dois ingredientes: açúcar e pesticida surrupiado do armazém de Rosiel.

Não havia adagas voadoras nem gritos de corujas e abutres. Apenas vultos de animais no pasto e uma quietação de sons miúdos, como o rangido das minhas passadas no chão forrado de pedregulhos, a melodia do vento nas vagens das acácias, o ciciado de grilos e cigarras. Aqui e ali, o som grave de um chocalho de boi. Lá longe, no fundo da noite, um ladrido triste de cão. E sombras, sombras por trás dos arbustos, pedras, troncos de árvores. Sombras às minhas costas, sombras dentro de mim.

Na cocheira, esperei que meus olhos se acostumassem com a penumbra e, só então, tonteada com o cheiro de suor, urina e fezes de cavalo, segui para o fundo até sentir o calor de Soberano. Nunca me esquecerei de como ergueu o focinho e pousou os olhos gelatinosos, dilatados de inocência nos meus, farejou o açúcar e, erguendo as patas dianteiras, relinchou. Quem me dissera que a beleza, a beleza real, estava no horror? Meu pai, Shakespeare ou outro pensador de quem eu não recordava o nome? Travei os dentes para que parassem de fazer aquele ruído esquisito dentro da minha boca. Encostei a cabeça no pescoço de Soberano, acariciei-lhe a pelagem, que cheirava a queijo de coalho, e sussurrei-lhe um honesto pedido de perdão. No momento seguinte, quando estendi a bacia e ele começou a lamber o açúcar, arreganhando as ventas e a boca, em uma espécie de sorriso, não foi em Thalie nem em Demian que pensei, mas em vovó Sarita, e por um segundo cheguei a hesitar. Mas, não! Não seria àquela altura que eu recuaria. Mantive a bacia bem embaixo da cabeça de Soberano, onde ele afundava o focinho, o bafo quente me roçando o rosto. Ao final, tive a impressão de que algo se esvaía de mim, que meu corpo afrouxava, como se tivesse sido eu a provar o açúcar da morte.

Deixei a cocheira debaixo de uma chuva forte. Cega com a água que escorria pelas lentes dos óculos, guardei-os no bolso do casaco e voltei para casa patinhando em trevas e poças de água, o caminho intermitentemente alumiado por umas tochas fantasmagóricas de relâmpagos. Os estrondos dos trovões e o cavo mugido do gado ecoavam dentro de mim como arranjos sonoros de um filme de terror.

Entrei em casa da mesma forma que saí. No banheiro, sacudi os cabelos encharcados, despi-me das roupas molhadas e as escondi em um saco plástico no fundo do armário. Enfiei-me embaixo das cobertas com a bomba inaladora. O peito ia do céu ao inferno e, mesmo depois que a respiração se normalizou, levei uma vida para dormir com a água tamborilando nas telhas e escorrendo nas calhas, o vento chiando e gemendo nas fendas da janela, o cheiro de amônia e estrume entranhado em minha pele.

Soberano me invadiu o sono em grandes relinchos, esfregando o focinho lambuzado de açúcar na vidraça da janela. No que pulei da cama, o animal descerrou umas súbitas asas de cavalo bruxo e levantou voo. Ao me aproximar da janela percebi que não era Soberano quem ganhava os confins do céu. A Coisa subia, subia, subia, desaparecendo em meio ao bordado de nuvens que cobriam *Saudade*.

Acordei com o som de vozes alteradas. Esquecera de cerrar as cortinas, e a luz que atravessava a janela desenhava retângulos dourados no chão do quarto. Apurei os ouvidos. Rosiel despedia-se, lamentando ter sido ele a dar uma notícia daquelas. Vovó Sarita chorava e fungava, repetindo, incessantemente, em tom cantado de litania, "Ó meu Deus, ó meu Deus, como ela pôde fazer isso com o pobre animal?" Não havia dúvida de que eu fora descoberta. Meu pai berrava: "Que porra de medicação é essa que não surte efeito, Luísa?" E minha mãe gaguejava, exibindo embaraço e perplexidade, tentando me livrar de mais uma acusação: "Quem pode assegurar que foi ela?" Heitor erguia a voz por cima da voz do meu pai e da minha mãe: "E a lanterna, a lanterna que ela esqueceu lá, e a lama nos tênis, hein?" Eufrosine apoiava a certeza de Heitor, matraqueando um insulto qualquer. Demian também protestava, mas eu não conseguia discernir o sentido das suas palavras. As vozes se altercavam, e desciam e subiam de intensidade. Todos queriam dizer alguma coisa, qualquer coisa. Apenas Thalie mantinha-se calada, como se, conhecendo a dimensão do meu sofrimento, desejasse me oferecer com o seu silêncio um tanto de compaixão. Mas Shakespeare me ensinara que julgar é uma das coisas que mais dá prazer ao ser humano. Também aprendera com as suas tragédias que o silêncio é um dos muitos disfarces usados pela culpa.

Permaneci quieta, escutando, abrigada no calor dos lençóis, sentindo o aroma de café recém-passado e de casadinhos de goiaba que naquele instante deviam dourar ao forno. Logo me chamariam para o banco dos réus, e eu não fazia ideia de como me comportar. Deveria sentar-me ao centro, confessar o meu crime e esperar a sentença? Quem seria o excelentíssimo juiz a erguer a voz por cima das vozes da audiência e a indagar: "O que tem a dizer em sua defesa, Aglaia Negromonte?" Por certo, esperavam que eu me defendesse. Custava-me pensar no que iria dizer. Falar, para quê? Quem poderia me obrigar? O que estava feito estava feito, e isso me pareceu quase um refúgio. Para algumas faltas, não havia reparação.

Vesti-me, lavei o rosto, escovei os dentes e arrastei-me para fora. Na passagem pela cozinha, constatei que não eram biscoitos, e sim uma cuca de goiaba que perfumava a casa; minha boca se encheu de água.

Até aquele momento não pensara em nenhum plano de sobrevivência. Caminhei até o alpendre e parei à porta, bem no momento em que minha mãe garantia que "Não, absolutamente!", não me criara para aquilo, e eu me perguntei para que os pais criavam os filhos senão para serem eles mesmos.

À minha aparição, calaram-se todos, como se estivessem diante de um fantasma. Aquele repentino silêncio me soou mais ameaçador do que o alarido das vozes. Não cheguei a dar um passo. Heitor avançou diretamente para mim com olhos de alucinado e veias do pescoço saltadas, agarrou-me pelos braços e me sacudiu com firmeza, gritando: "Você não presta, sua perturbada de merda, você não presta, não presta, não presta!" Tentei desvencilhar-me dele, mas foi preciso a intervenção de vovó Sarita para que me largasse. Ao abraçá-la, escondendo o rosto em seu ombro, choquei-me com o paredão de desgosto que se erguia dentro dela e com algo mais profundo, que confirmei ao erguer a cabeça — seus olhos, duas flores murchas, fizeram com que eu baixasse os meus. "O que tem a dizer?", perguntou-me com um fio de voz. As lágrimas me vieram aos olhos; eu os abri largamente e elas secaram um segundo antes de escorrer. Só então reparei nos outros. Minha mãe, o rosto coberto com as mãos, ardia em dor envergonhada. Meu pai sentava-se e levantava-se continuamente, e dentro dele o horror escurecia tudo. Em Eufrosine, o assombro dava pulos. Finalmente, eu os vi.

Thalie e Demian partilhavam um pequeno sofá de palhinha, que minha avó chamava de namoradeira; ele com a mão na perna dela, ela a olhar fixamente para os próprios pés, como se fosse a ré. Eu não queria ver o que ia por dentro de Demian, não queria, mas logo nossos olhos se abalroaram, e eu afundei no emaranhado de repugnância, indignação e estupor. Naquele momento, soube que tudo que tivéramos juntos transformara-se em um lugar para onde nunca mais voltaríamos.

Diante do espanto de todos, disse "Sim, fui eu". Encaminhei-me para a escadinha de acesso ao jardim e me sentei no degrau inferior. Úmido, gotejante, o mundo recendia a terra encharcada, um odor forte e bom que se misturava ao perfume das flores, uma doçura que me provocou uma súbita vertigem. Baixei a cabeça e respirei profundamente. Por quê, por quê, por quê? Pensei no que disse Iago no momento em que os soldados do rei o capturaram: "Não me exijam nada. O que se sabe se sabe." Esperei as pedradas, que vieram em forma de palavras, uma enxurrada delas, que teriam me feito sangrar se eu me dispusesse a ouvi-las. Concentrei-me em uma casa de marimbondos armada no alto da parede, junto ao telhado, onde uma criatura miúda, o corpo listrado de amarelo e preto, movia as antenas num gesto gracioso, hesitando, talvez, entre um passeio às roseiras e o trabalho com o mel.

Tomei um susto ao ouvir meu pai ordenar: "Volte para o quarto, Aglaia, e fique lá até eu chamá-la."

Qual é minha pena, senhores jurados? Silêncio. Atrapalhados com o que lhes escapava, não sabiam o que fazer comigo.

Levantei-me prontamente e me dirigi ao quarto. Demian veio atrás de mim, barrou-me à porta e disse, em um tom de voz estranhamente pausado, de quem avalia o peso de cada palavra: "Eu não sabia o quanto você pode ser perigosa!" E, para reforçar a dureza do que acabara de afirmar, falou, fixando-me nos olhos: "Não conhecia esse monstro que você é." Ele, o meu Demian, chamara-me de monstro. No episódio dos cabelos de Thalie, Heitor me tachara de aprendiz de marginal e delinquente mirim. Daquela vez, de perturbada, o que não era muito diferente do que murmurara Eufrosine: "Anormal, anormal, anormal." Monstro era mais do que tudo aquilo.

Fechei os olhos, todo o peso do mundo a me esmagar, e mordi os lábios até sentir o gosto ruim do meu sangue. Se Demian, que sabia ouvir o tumulto do meu coração quase tanto quanto minha avó Sarita, dissera aquilo, e é claro que acreditava no que dizia, então eu devia mesmo ser um monstro. Como podia deixar de ser o que era? Como destruir tudo de que eu me fazia: sentimentos, sonhos, memórias, a Coisa que rodopiava desarvorada dentro de mim?

No quarto, fiquei zanzando da porta à janela, da janela à cômoda, da cômoda ao armário. Por fim, larguei-me de bruços sobre a cama e esperei. Não sei o quê. Talvez que minha avó pudesse ir ter comigo e me pôr no colo e me acarinhar e me fazer sentir menos mal. Esperei que me abraçasse e me dissesse o que era próprio dela: "Às vezes as pessoas agem estranhamente e fazem coisas que elas mesmas não conseguem compreender; coisas tristes, coisas loucas, que maltratam mais a elas mesmas do que àqueles que as amam." Mas não foi o que aconteceu. Vovó Sarita surgiu na hora do almoço com uma bandeja que colocou sobre a cômoda e, de lábios apertados, sem me dirigir o olhar uma só vez, disse: "Vai se sentir melhor se comer um pouco, Aglaia." Aglaia? Nunca antes, que eu me lembrasse, ela me chamara por Aglaia. Até então, eu sempre fora a sua Marrã. Aonde fora parar a ternura salvadora da minha avó?

Ajoelhei-me e bati suavemente a testa contra o tampo de mármore da mesinha ao lado da cama. Bati novamente, com mais firmeza, mais uma vez e mais outra, e uma onda de dor foi se apoderando do meu corpo, irradiando-se por minha cabeça, e de repente era confortante preenchê-la com algo que não fossem pensamentos. Trinquei os dentes, prendi a respiração e continuei batendo forte e continuadamente. Já não pensava em coisa nenhuma quando tudo ao meu redor vagalumeava, e a dor nem era mais dor, apenas uma sensação de esvaziamento, como se uma máquina sugadora tivesse me engolido e me cuspido na escuridão.

Ao tornar do desmaio, dei comigo recostada no banco traseiro do carro. Meu pai, do lado de fora, falava alvoroçadamente ao telefone, e minha mãe despedia-se de vovó Sarita. Ergui a cabeça e avistei os outros em frente à casa. Por que Eufrosine e Thalie não voltavam conosco? Demian, acocorado ao pé do muro, a cabeça abaixada, mostrava-se mais desolado do que os outros. Aquilo seria um sonho? Tornei a fechar os olhos e só os abri quando as montanhas, as árvores, os lajedos, uma casa aqui e outra acolá, o gado no pasto, tudo passava zunindo através da janela, em um cortejo fúnebre que seguia para trás, enquanto eu seguia para a frente. Para onde, meu Deus?

A consulta com a doutora Ana Augusta foi marcada como uma urgência. Fui levada ao seu consultório logo no início da noite. Minha mãe, enlouquecida de enxaqueca, ficou na cama. Foi a primeira vez que meu pai me acompanhou a um psiquiatra e a última em que encontrei a doutora Ana Augusta. Enquanto os dois confabulavam, permaneci na saleta de espera, folheando revistas e vendo imagens sem som na TV à minha frente. Aquela conversa durou uma eternidade. Em algum momento, levantei os olhos e meu pai estava à minha frente, e bastou vê-lo para saber que alguma coisa muito sinistra acontecera lá dentro. Diante de mim, o altivo Heleno Negromonte desmoronava. Cerrei os olhos e tapei as orelhas com as mãos para não ouvir os pedaços do meu pai despencando no assoalho. Senti alguém me apertar de leve o ombro. Abri os olhos e a moça da recepção me sorria. Ergueu-me e me guiou até a porta do consultório, empurrando-me suavemente pelo braço. Antes de entrar, acenei para os pedaços do meu pai, que não se moveram.

Sentei-me na poltrona de sempre. Em nenhum instante despreguei os olhos do chão ou abri a boca para uma única palavra. Se a doutora Ana Augusta já estava ciente do que acontecera, por que me fazia aquela infinidade de perguntas? Sempre as perguntas erradas. O frio congelava meu sangue, fazia meus dentes baterem uns contra os outros, sem que eu pudesse controlá-los. Enquanto ela matraqueava, caí dentro de mim e me deparei com o vazio. A Coisa sabia brincar de ser invisível. Comecei a cantar uns versos do Jim Morrison:

> *Bird of prey,*
> *bird of prey,*
> *flying high,*
> *flying high,*
> *take me on your fly.*

A Coisa, que não resistia a momentos como aquele, voltou à cena. Pôs-se a dançar com extravagância, saltando, retorcendo-se, castanholando, marretando as patas e arrastando o bico de lâmina no chão do meu peito, tatalando as rêmiges duras de horror, como se se preparasse para alçar voo, e girando sobre si mesma, girando alucinadamente, em velocidade cada vez maior, até o sangue começar a lhe espirrar pelo bico. Até tudo acabar.

vinte e um

Deveria existir uma lei dispondo sobre o amor para todos, com igualdade de forma e quantidade. Acho que isso facilitaria a vida das pessoas, embora às vezes o amor me pareça uma coisa bem idiota. Uma canção que minha mãe gosta de cantarolar fala que "o amor é azulzinho". Vovó Sarita me disse que o amor pode escurecer até o mais profundo breu e, ainda assim, continuar sendo amor. Difícil acreditar que o amor amanhece e anoitece, tem um lado direito e um avesso, duas faces de uma mesma moeda, um rosto bonito que pode se deformar de uma hora para a outra. Impossível compreender esse amor que, como a lua, cresce, míngua e torna a crescer.

Descobri que é preciso estocar no coração uma porção generosa de amor azul, fazer uma reserva para tempos de amor sombrio, de amor que machuca, enlouquece e mata. Como os esquimós fazem com a gordura para não morrer de frio. Um dia, não se sabe quando, assim quase de repente, você pode se ver sem ninguém que o ame. Se fez o estoque direitinho, vai sobreviver. O mais certo é que não existe garantia para o amor, nem para o amor azulzinho da canção nem para o amor azul-escuro, quase preto, o amor feroz.

vinte e dois

Acordei em sobressalto. Desnorteada, olhei ao lado; lá estavam a cama de Eufrosine e a de Thalie, desocupadas. Então, lembrei-me do que acontecera em *Saudade* e, mais vagamente, no consultório da doutora Ana Augusta. Como eu viera parar em minha cama? Ouvi a voz do meu pai e a da minha mãe e busquei os ponteiros no relógio sobre a escrivaninha. Marcava duas e meia da manhã. Na penumbra, rodeada de objetos familiares e cotidianos, que até alguns meses atrás me diziam quem eu era, sentia-me a céu aberto em noite de tempestade. Nem os livros, que da estante me espiavam com incredulidade e que um dia eu julgara o mais protetor dos abrigos, eram capazes de me livrar daquele desamparo.

Ao me sentar, as coisas oscilaram em meu entorno, e eu tive que me segurar para não tombar sobre a cama outra vez. Não me alimentara de quase nada no dia anterior. Além disso, não tinha dúvida de que haviam me dopado. Ergui-me cuidadosamente, disposta a alcançar a cozinha, e cambaleei para a porta. Ao entreabri-la, porém, percebi que havia luz na sala. Minha mãe fungava e chorava baixinho; em meio a uma fala do meu pai escutei o nome de tia Clara. Aproximei-me na ponta dos pés a ponto de ouvi-la dizer que ninguém em sã consciência dava as costas à vida, que o acidente com o carro de tia Clara não fora acidente coisa nenhuma e que ela, minha mãe, estava com medo, muito medo.

Meu coração afogou-se.

Recuei, as pernas bambas, e me enfiei outra vez no quarto. Abri a janela e pus a cabeça para fora. O ar cheirava a lama. O rio passava a duzentos metros do nosso prédio. Naquela hora a cidade tornava-se mais bonita, um mundo em suspenso, como uma fotografia, como se a noite fosse uma menina à espera de um beijo. As árvores ao longo da calçada e do canteiro central pareciam fantasmas disfarçados. Grilos e cigarras arranhavam a madrugada com seus segredos. Todos guarda-vam segredos. Teria rezado, se eu soubesse rezar. Esquecida da oração do anjo da guarda que um dia minha avó me ensinara, contentei-me em contemplar as estrelas no céu, em meio às quais Deus cintilava em seu mais puro mistério. Em certo momento, uma delas despencou sobre a escuridão da mata que circundava o rio. Poderia pedir o que eu quisesse, mas não pedi nada. Ainda que faminto, meu coração não mais se atrevia a desejar. A fome me roía o estômago, mas era impossí-vel chegar à cozinha sem passar pela sala. Por mais quanto tempo eles discutiriam a morte de tia Clara, quando, na verdade, eu sabia, falavam sobre mim? Vigiei o facho de luz que o vão da porta filtrava, até cair no sono outra vez.

Na manhã seguinte, fui acordada por minha mãe; seu rosto mostrava os sinais da insônia. Silenciosamente, tirou minhas roupas do armário e as arrumou na bolsa de viagem que estendera sobre a cama de Eufrosine. Ao lhe perguntar onde pretendiam me jogar daquela vez, ela me disse para não falar daquele jeito e que meu pai iria conversar comigo. Não lembro se essa conversa aconteceu. Lembro-me de ter sido ele a me con-duzir até a clínica. Não cheguei a me despedir da minha mãe. Entupida de Rivotril, ela apagou no sofá da sala, antes que terminássemos o café.

No caminho, o céu desceu sobre o carro. Tufos de nuvens, feito al-mofadas estraçalhadas, deixavam à mostra os enchimentos encharcados de sujeira. Desejei que tudo desabasse sobre nós, mas não foi daquela vez. Daquela vez, meu pai não ligou o rádio nem fez cara de não me perturbe. Empenhava-se em parecer tranquilo, e de vez em quando se dirigia a mim com um tom de voz surpreendentemente suave. Se queria me persuadir de que nada de ruim iria me acontecer, perdia tempo. Coloquei os fones de ouvido, e Renato Russo, a voz coberta de luz e veludo, acolheu-me:

Quero colo! Vou fugir de casa.
Posso dormir aqui com vocês?
Estou com medo, tive um pesadelo
Só vou voltar depois das três.

Ao passarmos em frente ao prédio de Demian, localizei a janela do seu quarto, as cortinas cerradas. Por onde andaria? Ah! Talvez retornando de *Saudade*, junto com os outros. Provavelmente tia Gertrude teria ido buscá-los. Dei-lhe adeus em pensamento. Nunca mais passeios à beira-mar. Nunca mais longas conversas sobre livros, mangás, discos, filmes, galáxias. Nunca mais tardes de estudo em seu quarto, com o piano de tia Gertrude ao fundo. Lembrei-me das tantas vezes em que lhe pedi ajuda em véspera de prova, mesmo quando nenhuma ajuda se fazia necessária, só pelo prazer de ficar mais tempo em sua companhia. Bastava-me estar ali, no espaço onde dormia, ouvia música, lia quadrinhos e sonhava, onde ele era mais ele, para meu coração desafinar. Na sala, tia Gertrude dava aulas, e sequências de notas se repetiam incessantemente. Aquilo me dava nos nervos. Demian queixava-se de que eu me desconcentrava à toa. Sim, eu me dispersava com facilidade; porém, quando ela assumia o piano, nada nem ninguém conseguia me arrancar de uma espécie de transe. Embarcava na corredeira das notas ligeiras e sinuosas da "Fantaisie impromptu", que me erguia do chão e me arrastava para baixo e para cima, como uma folha em um rio na cheia. O lirismo de um dos noturnos de Chopin me entornava pelos olhos, e eu me dizia que, se pudesse ser música, seria "Moonlight Sonata", de Beethoven, para que as desarmonias do mundo jamais me alcançassem.

Demian assoviava, estalava os dedos, batia palmas, contava as batidas, em uma breve lição de como a música se construía. Por trás de cada nota, de cada compasso, escondiam-se arranjos numéricos, fórmulas matemáticas, cálculos; para cada nota, muitas unidades de tempo, frações. Vinham dali o ritmo da música, a pulsação, o arranjo de sons e silêncios, a duração de cada um. A matemática estava para a música como a alma para o corpo, e, ainda que ninguém a enxergasse, ela, como um coração, batia o tempo inteiro, dando vida à música, tornando-a possível. Como era possível que, sendo matemática, a música pudesse me fazer sonhar?

Sempre que eu lhe pedia que tocasse para mim, dava-me uma desculpa, cansaço, vergonha ou falta de talento. Uma única vez cedeu à minha vontade e tocou uma música dos Beatles que minha mãe adorava, "A Little Help from My Friends". No teclado, os dedos compridos e magros, como se fossem bailarinas no palco, corriam de um lado para o outro, para a frente e para trás, curvando-se, alongando-se, dando pequenos saltos. Afastei-me ligeiramente para que não reparasse nas lágrimas que me boiavam nos olhos, para que não ouvisse o rufar do meu coração.

Virei-me para olhar mais uma vez a janela do quarto de Demian, que ia ficando para trás, assim como tantas outras coisas da minha vida, coisas que em um passado recente haviam me parecido intoleráveis, como meu pai enfiado em sua bolha, e minha mãe, tão distraída de si mesma, tentando inutilmente alcançá-lo. Naquele instante, desejei ardentemente ter minha vidinha desimportante de volta.

Fui obrigada a crer no que estava acontecendo quando meu pai parou o carro diante do muro branco que avançava até o fim do quarteirão, tão alto que não se via o telhado do edifício por trás dele. Além da mata e do zumbido dos carros nas duas pistas da rodovia, não havia nada em volta, nem casa, prédio de apartamentos, ponto de ônibus, loja ou quiosque. Na guarita, meu pai identificou-se, e alguém, que não cheguei a ver, abriu o portão para nos deixar passar. Seguimos até o estacionamento por um caminho de terra ladeado por eucaliptos, que só dava passagem a um carro.

Quem nos recebeu foi a diretora da casa, uma senhora elegante, montada em saltos altíssimos e maquiada com extravagância, que em nada combinava com o lugar. Estranhamente, nunca mais tornei a encontrá-la. Assim que saltamos do carro, ela logo se dirigiu a mim. Endureci o olhar e recuei para a lateral do veículo. Um pouco mais à frente, no meio do jardim que contornava o estacionamento, a aberração: uma piscina sem uma gota de água. Talvez a esvaziassem por temerem afogamentos, ou tentativas de afogamento, como se não fosse possível se matar de outras formas. Para meu desespero, meu pai, fingindo-se animado e ainda por cima galante — até hoje não perdeu a mania de seduzir qualquer coisa que se mexa —, conversou com a mulher como se estivesse me largando em uma colônia de férias. O maldito sorriso a lhe garantir a atuação.

Até o último instante em que permaneceu ao meu lado, desejei, com toda a intensidade do pensamento, que ele recuasse e me dissesse: "Isso não parece certo, Aglaia, não estamos sendo justos com você. É ao nosso lado que deve ficar, vamos cuidar de você, filha", e me abrisse os braços, me apertasse dentro deles e me levasse de volta para casa. Até o último instante, esperei que me resgatasse. Deixou-me para trás. A última coisa que me disse antes de partir foi: "Aqui você vai ser bem tratada, querida, e se curar, eu garanto!" Sem a mínima convicção, disse: "Sim, pai". Ele podia me garantir alguma coisa? Curar-me de quê? Seria possível alguém se curar de si mesmo?

Quando a porta se fechou em suas costas, fiquei lá, espacada, os olhos pregados na maçaneta. Depois a vista escureceu, as pernas fraquejaram e eu caí de joelhos. Desatei a chorar com violência, tomada por fungadas e soluços ruidosos, um rio de lágrimas se misturando ao ranho do nariz. Cheia de compaixão por mim mesma, imaginava meu lugar vago à mesa, minha mãe de roupão e pantufas, os olhos inchados, a derrota espremida nos cantos da boca. Meu pai de cabeça baixa sobre o prato, o pensamento enfiado em algum lugar do passado. E Heitor, Eufrosine e Thalie em silêncio, porque era certo que ninguém ousaria mencionar meu nome, como se Aglaia fosse uma palavra indecente ou interdita. Em algum momento, a diretora ergueu-me do chão, entregou-me uma caixa de lenços descartáveis e falou em tempo e coragem, entre outras baboseiras de que não me lembro mais.

Uma enfermeira conduziu-me ao local que a partir daquele dia seria meu espaço na clínica. Se eu precisasse de qualquer coisa, bastava levantar o fone do gancho e discar o nove. Explicou-me que minha bolsa fora levada para revista, porque ali, por uma questão de segurança, não entrava objeto cortante. Alicate e tesourinha para as unhas? Nem pensar! Tampouco lâmina para se depilar. Colônia, só em embalagem de plástico, e prendedores de cabelo, só os de elástico. Para completar, não havia porta nem espelho no banheiro. Ah! E o meu walkman? A diretora o entregara a meu pai, que o levara para casa.

Lá fora, os eucaliptos gemiam como homens chicoteados. O vento gania, sacudindo as folhas abertas da janela, por trás das quais se erguiam grades de condenados. Gordas gotas de água tremelicavam antes de arrebentar e rolar vagarosamente nas vidraças. Eu não pertencia àquele lugar. Cuspi no chão e nas paredes. Dei pontapés na porta do armário. Arranquei o lençol da cama e o pisoteei. Rasguei os travesseiros e me arrastei pelo chão envolta em uma nuvem de penas. Depois caí, caí e caí, o ar escondido não sei onde, tudo ao meu redor opaco e tremido. Que alguém me ajudasse, por favor! Para onde teriam levado minha mochila, minha bombinha salvadora? Por que não conseguia gritar nem alcançar o telefone? O que me detinha lá embaixo? O que me impedia de me erguer, chutar o mundo e esbagaçá-lo com os pés? O que pensavam? Que me abandonando ali, expulsando-me da minha vida, eu iria ser o que eles gostariam que eu fosse? Que horas e horas de terapia e mais um saco de pílulas iriam me transformar em uma pessoa melhor? Será que era tão difícil assim enxergar o óbvio? Não havia como endireitar o que nascera torto! Além do mais, eu sabia muito! Sabia demais! Esqueciam-se de quem eu era? Esqueciam-se de que eu enxergava dentro das pessoas?

Na clínica, o tempo se perdeu de mim. A cada vez que eu acordava, não sabia se era a luz do sol ou da lua que riscava de branquidão uma fresta na folha da janela. Faltavam nomes aos dias, números às horas. A vida era um mostrador sem ponteiros. Assim perdi também a esperança. Talvez o tempo tenha sido inventado para dar às pessoas algo que as mantenha vivas. Perdi-me de mim mesma. E o que resta a alguém que chega a esse ponto?

Naturalmente, causei problemas aos médicos e funcionários da casa. A toda hora falava coisas que não devia falar, fazia coisas que não devia fazer. Da minha fúria, poupava apenas as demais pacientes. Pareciam-me tão esquisitas que, junto delas, eu tinha a sensação de que me mudara para outro planeta. Quase todas tinham o olhar atravessado por um mistério — meu pai me dissera que os místicos de todos os tempos, a exemplo dos santos da igreja de vovó Sarita, foram homens e mulheres que um dia haviam enlouquecido. Para se comunicar com as pacientes era necessário ver o lagarto ciclópico estendido no jardim, a praga de baratas correndo sobre a mesa das refeições, a chuva de pétalas inundando a piscina. Doutor Xisto assegurou-me de que, embora algumas não aparentassem, todas sofriam de perturbações psicossomáticas, assim como eu. Perturbações psicossomáticas. Duas palavras que me impressionaram severamente. Poderia elucidá-las, doutor? Ó, Deus! A loucura era um espelho rachado, a identidade trincada em mil eus que não faziam sentido.

Não sabia como a moça que ateara fogo em si mesma conseguia se olhar no espelho. Eu aproveitava os momentos em que ela estava absorta na TV, para contemplar, num misto de atração e repulsa, as borboletas de pele enxertada, o estranho bordado que lhe cobria o corpo. Todos os dias uma garota me pedia ajuda com os espinhos cravados em suas costas, braços e pernas. Da primeira vez, acreditei que ela tivesse caído sobre alguma touceira do jardim e até procurei socorrê-la. Uma outra não parava de arrancar os cabelos, dava para ver as ilhas em sua cabeça. Havia a garota das cicatrizes, que lhe recamavam os braços, antebraços e pescoço. Um dia, ao erguer a saia e me mostrar as coxas riscadas pelas lâminas, eu quis saber por que se machucava daquela forma, e ela me contou que eram as vozes que assim determinavam.

No fim das contas, ninguém ali aprendera a viver.

Uma delas intrigava-me particularmente. Eu a encontrava de vez em quando no salão de jogos. Sentava-se voltada para a parede, de costas para o resto do mundo, as pernas de louva-a-deus em posição de Buda, os pés inquietos dentro dos tênis rasgados, tão magra que dava para contar as costelas sob a camiseta de algodão. Escrevia na parede com um lápis invisível, as unhas roídas até o sabugo. Não falava nem dava sinais de ouvir coisa alguma — um dia minha avó Sarita me dissera que a linguagem de Deus era o silêncio; sendo assim, aquela menina era o ser mais divino que eu já conhecera.

Sentava-me por trás dela e ficava ali, auscultando-a, sentindo-a. Carregava dentro de si uma noite tão profunda que eu tinha de ajustar os olhos à escuridão para só depois reparar nos medos, que se colidiam violentamente uns nos outros. Talvez fossem os medos que enlouqueces-sem as pessoas. Talvez elas se retirassem de si mesmas para escapar deles.

Passei a contar à menina louva-a-deus sobre minha vida, a família estranha da qual eu fazia parte, a sabedoria da minha avó Sarita, as belezas de *Saudade*, as paixões do meu amigo Demian e a minha por ele, a escola e os animais com quem era obrigada a conviver em sala de aula. Falei-lhe inclusive da garota que botara abaixo a porta da minha vida, roubando-me tudo que era mais valioso para mim. Ouvia-me sem que eu precisasse pronunciar uma única palavra. Falava com ela da mesma forma que minha avó Sarita falava com Deus. Disse isso a doutor Xisto, e ele me perguntou como eu podia ter certeza de que ela ouvia meus pensamentos. Não pude lhe contar que um dia, bem no meio do meu monólogo, ao acertar os olhos à mão que subia e descia na parede, reparei que, com o lápis invisível, ela escrevia sempre as mesmas palavras. Perplexa, e ainda duvidando dos meus olhos, li em voz alta: "A coisa, a coisa, a coisa." No mesmo instante, a menina virou o rosto pálido, e eu me defrontei com os gumes dos seus olhos. Não me enganara. Ela me ouvia, sim. Ofereci-lhe um sorriso, o que mais eu podia fazer? Levantou-se num salto e saiu correndo.

Aquela foi a última vez que a encontrei. Algum tempo depois disseram-me que Águida, e o nome me pareceu tão singular quanto sua dona, fugira da clínica. Garota esperta. Percebeu o que os psiquiatras e os psicólogos não percebiam; palavras e pílulas não consertavam o inconsertável. Defeito de fabricação? Quem haveria de saber? Nem tudo podia ser explicado.

O tempo se arrastava como um sentenciado à morte. Arrastava-me com ele, dormindo grande parte dos dias, fazendo coisas de que, passadas algumas horas, eu não me lembrava, ou me lembrava com imprecisão. Duvidava de que aquilo que eu via fosse de fato o que eu via. Sentia-me pesada e ao mesmo tempo vazia, como um hipopótamo empalhado. Em meio a estrondos de origem indefinida, ouvia gritos, choros, lamentos que atravessavam as paredes e vinham me cravejar o coração. Não tinha a chave do meu próprio espaço, da minha cela. Prisioneira, sim. Quem se atreveria a dizer que não? A qualquer momento, uma enfermeira entrava para conferir se eu ainda estava lá, se não destruíra nada, se respirava, se não fizera algo contra mim mesma. Há muitos anos ouço dos psiquiatras que eu, mais do que os outros, posso me fazer mal, e que, para me preservar das minhas pulsões destrutivas, devo me manter medicada, ou seja, distante de mim. Há muitos anos digo aos médicos que podemos escapar de lugares, pessoas, situações, mas não de nós mesmos.

Desconhecia o que se passava lá fora, de onde eu fora banida. Encerrada naquele mundo sonâmbulo, sempre vigiada, eu comia, dormia e perambulava entre o quarto, os consultórios da terapeuta e do psiquiatra, o salão de desenho e pintura, a sala de jogos e TV, o refeitório — nossos pratos, talheres e copos eram de plástico; quase tudo podia se transformar em instrumento de autoviolência ou violência contra as outras pacientes, médicos ou funcionários.

Os livros eram o que mais me fazia falta, além de mim mesma. Ah! E a música. Por toda a clínica, havia caixas de som tocando aquelas musiquinhas entediantes de sala de espera em consultório de dentista. Os livros, poucos, ficavam em uma pequena estante colocada na antessala da diretoria. Alguns Michel Foucault, Martin Heidegger, Sigmund Freud e Carl Jung misturavam-se a livros de autoajuda. Na primeira tentativa de leitura, li e reli um parágrafo de poucas linhas sem que um mínimo de sentido me aquecesse a alma, até que alguém saído da diretoria interveio, tirando-me o livro das mãos e afirmando que nenhum daqueles ali servia para mim.

Duas vezes por semana eram exibidos longas-metragens escolhidos pela equipe médica, sempre no mesmo horário, depois do lanche da tarde. Às vezes, ao final da exibição, doutor Xisto ou outro médico tecia comentários sobre o filme. Nunca assisti a nenhum. Negava-me a ver uma única cena sem a presença de Demian.

Entorpecida pelas medicações, vagueava pelo jardim com pés irreconhecíveis, que me pesavam como se eu carregasse bolas de ferro acorrentadas aos tornozelos. Uma parte de mim pulsava debilmente junto com o coração da Coisa, oculta nos desvãos do meu corpo. O tempo suspenso, à espera de algo que o fizesse voltar a tiquetaquear.

Doutor Xisto acreditava que meu interesse por flores era um claro sinal de progresso no tratamento. O responsável pela arrumação das muitas espécies de flores nos canteiros separados por cores — um arco-íris despencara do céu? — era um senhorzinho chamado Mário. Enquanto cuidava do jardim, seu Mário ouvia Bach. A música destinava-se aos ouvidos das flores, que ao som de violinos desenvolviam-se mais rapidamente e com mais viço. Gostava de ouvi-lo e vê-lo trabalhar. Chamava-me de "Dona mocinha", o que eu achava uma delícia, e me contava histórias sobre as flores — minha avó Sarita seguramente desconhecia aquelas narrativas, e eu as guardava comigo, como pequenos tesouros, para presenteá-la quando fosse me visitar. Eu amava os nomes: antúrios, gérberas, orquídeas, helicônias, crisântemos, begônias, vinha. Se algum colega se atrevesse a perguntar onde eu estivera, saberia responder, sem pestanejar, "Em Lugar Nenhum". Seguramente não estaria mentindo. E se alguém se atrevesse a dizer "Sinto muito, Aglaia" ou indagar se eu me sentia melhor, qualquer coisa assim, diria que doutor Xisto me garantira que sim, que estava tudo bem; tudo sob controle; à medida que eu fosse me livrando das medicações, as coisas iriam se normalizando, escola, leituras, amigos. Amigos? Todos arregalariam os olhos para mim. De que amigos eu estaria falando?

Não cheguei a voltar para a escola nem recuperei a rotina de leituras, filmes, caminhadas à beira-mar. Viver tornou-se a vertigem de andar em uma corda estendida sobre um precipício, os braços abertos, cuidando em não olhar para baixo. Refugiava-me no quarto. No resto da casa, sentia-me uma espécie de convidada por força de laço sanguíneo, nem um pouco à vontade para me meter na cozinha e escarafunchar a geladeira, para me espalhar no sofá da sala e discutir com Heitor por ele monopolizar a TV ou para ouvir música a todo volume. Sentia falta de casa em minha própria casa. Minha mãe afastou-se do trabalho temporariamente para tomar conta de mim. Ou melhor, para me vigiar. Tornei-me uma dificuldade concreta, algo com o qual a família se viu obrigada a lidar. Como aquilo acontecera sem que eu percebesse? Aonde eu fora parar? Aquela Aglaia não pertencia a lugar nenhum. Quando saíamos, e só saíamos para as sessões com o doutor Xisto ou para fazer compras em supermercado, era fácil constatar o desconcerto na expressão das pessoas que cruzavam comigo. Às vezes, podia apostar que eu as assustava. O que enxergavam em mim?

Meus irmãos me evitavam, especialmente Thalie. Quando isso não era possível, tratavam-me com reserva e condescendência. Não sabiam o que conversar comigo. Pensavam duas vezes antes de se dirigirem a mim, antes de me fazerem qualquer indagação, a mais banal que fosse, como o que eu gostaria de comer ou qual o programa a que eu preferia assistir na TV. Ninguém mencionava a clínica, o tempo de internação. Ninguém mencionava Soberano. As palavras "cabelo" e "tesoura", "cavalo" e "veneno" foram abolidas em minha casa. Se minha mãe os mandava me chamar porque a mesa estava posta para a refeição, batiam suavemente à porta do quarto, falsamente respeitosos, e eu os desprezava por me temerem.

Demian apareceu para me ver, e eu relutei em deixar o quarto. Por mais incrível que possa parecer, ganhara peso durante a internação — remédios para confusão mental fazem estragos consideráveis no corpo. Ele não me perguntou: "E aí, menina, como foi na clínica, o que andou fazendo por lá, e agora como se sente?". Não perguntou nada. Assim como meus irmãos, fingiu ter me encontrado no dia anterior e procurou disfarçar a aversão, tão ostensiva em seu olhar fugidio, no tom de voz dissonante, artificial. Estive a ponto de lhe dizer: "Cai fora, garoto, não o conheço, não sei quem você é". Piscava o tempo inteiro, de um jeito que não fazia sentido, uma vez que não havia nada de errado com seus olhos. Mas eu não estava em condições de mergulhar em Demian. Então, deduzi que, além de repugnado, estivesse nervoso. Envergonhado também, de uma forma que não estava clara para mim. Tudo o que eu podia fazer era me perguntar em que tempo nossas estrelas haviam andado alinhadas, porque a mim parecia que ele fora meu amigo em outra vida. Demian não tinha mais o que falar comigo. Que assunto poderia interessar a um monstro?

Em outro tempo eu teria me dado o trabalho de tentar lhe explicar que talvez eu fosse como um terreno coberto de rochas, abrolhos e cactos indomáveis, que, tratado com cuidado e paciência, rebentaria em flores de perfume exótico e trepadeiras de folhas acetinadas. Mas, abandonado, entregue outra vez à própria sorte, sem água nem adubo, sem uma boa tesoura de poda, acabaria por voltar a ser o terreno árido de sempre. Àquela altura, porém, não mais me interessava se ele sabia o quanto eu podia me zangar, ser má e desprezível, se tinha certeza do perigo que era ter-me por perto. Então, encarei-o com olhos de pedra, e minha boca rasgou-se em algo que deveria parecer um sorriso. Eu não nascera sob a regência de uma estrela ruim. Iago tinha razão, eu simplesmente era o que cultivava no coração.

Atarantado, Demian baixou a cabeça e saiu apressado, desejando-me boa sorte. Boa sorte? Por que ele não ia catar coquinhos? Foi-se sem me abraçar, sem tocar em um fio dos meus cabelos, e eu me perguntei se transtornos mentais seriam contagiosos. Tão logo partiu, busquei no fundo da mochila a pedra com que ele tinha me presenteado e a joguei pela janela do quarto. Não sei onde foi cair. Apenas desejei, do fundo do meu coração, que a pessoa que a encontrasse não tivesse a mesma sorte que eu.

Minha avó tinha razão. O amor podia endurecer e amargar.

vinte e três

Foi assim. Descuidei do estoque amoroso, e a minha vida ficou para trás.

Ficou para trás a rotina de ser acordada por minha mãe, de caminhar com Eufrosine e Heitor até a escola e voltar esfomeada para casa depois de passar a manhã inteira em uma sala de aula, lavar as mãos para sentar à mesa das refeições e comer desesperadamente; em seguida, tomar banho e me fechar no quarto para estudar e, no meio da tarde, após o lanche, ler ou sair a pé ou de bicicleta e encontrar Demian, caminhar com ele na areia da praia, ouvindo-o sem nunca me cansar; após o jantar, ajudar minha mãe na arrumação da cozinha, assistir a algum programa na TV e, na cama, escrever em meu diário, ouvir música, ler. Por fim, cair no sono, com o livro aberto sobre o colo.

Ficaram para trás as viagens a Saudade, os passeios pelo campo na companhia de vovó Sarita, a atenção carinhosa de Demian, os livros, que traziam meu pai para mim ainda que brevemente, as tragédias de Shakespeare, os romances de Erico Verissimo, os poemas de Cecília Meireles, as canções de Renato Russo, minha coleção de pedras, entre outras coisas, tão preciosas para mim.

vinte e quatro

Noite passada, sonhei com minha avó. Estávamos em um jardim, não o da casa em *Saudade*, tampouco de algum lugar que me fosse familiar. Debaixo de um céu cinza compacto, baixo e ameaçador como um bloco de ardósia, vovó passeava entre os canteiros, abaixando-se ligeiramente para aparar um galho, botar fora uma folha seca, colher uma flor, trauteando uma de suas canções favoritas. De quando em quando, parava para enxugar o suor do rosto e sorria para mim; eu lhe sorria de volta. A alguma distância, eu a vigiava, e vigiava o entorno do jardim, como se estivéssemos expostas a uma situação de risco iminente. Embora não soubesse dizer o quê, havia ali uma incoerência, uma desarmonia, como se as flores fossem de plástico, o jardim não pertencesse a ela e estivéssemos lá de forma clandestina ou alguém nos espreitasse por trás das árvores que bordejavam os canteiros. Subitamente, gritou: "Venha aqui, Marrã, rápido!" Corri para junto dela. Ajoelhada ao lado de uma espécie de lírio, as mãos metidas na terra, vovó cavava e cavava, febrilmente, enquanto repetia: "Ouça, Marrã, há algo lá embaixo, ouça". Afundei em um pântano de assombro, lutando por não ver o que ia despontando sob a terra revirada: penas, penas e mais penas pretas. Minha avó murmurava: "Ó Deus! Ó Deus! Está vivo, ainda está vivo", e virei o rosto para me livrar da visão que me tirava o ar, mas vovó puxou-me pelo tornozelo e me fez agachar ao seu lado. A extremidade de um bico aflorava entre suas mãos, e ela martelava ainda: "Ouça, Marrã, ouça." Nesse instante ouvi o ronco lancinante do ser que minha avó teimava em trazer à luz.

Despertei na maior das escuridões e me sentei na cama, o corpo gelado e o coração às pancadas. Tateei o abajur na mesinha lateral, acendi a luz e murmurei: "Vovó?" Onde estava que eu não conseguia vê-la? O que separava minha noite do seu mundo de mistério, se eu sentia em mim toda a intensidade da sua presença? Prendi a respiração. Uma palavra, um mínimo gesto poderiam quebrar a magia daquele momento em que a realidade do seu amor me cobriu como um véu e afastou para longe o horror do pesadelo.

O amor vence a morte? Fechei os olhos, e o imperecível amor da minha avó se estendeu sobre mim em forma de lembrança; a manhã em que recebi alta e ela e meus pais foram me buscar no hospital. Em meio à amargura e confusão, à onda de silêncio que me envolvia, soube que vovó Sarita não voltaria para casa. Abrira mão de *Saudade*, entregara o sítio aos cuidados de Rosiel e alugara um sobrado com jardim em um bairro colado ao dos meus pais. Foi para lá que me mudei. Para meu alívio, esse tempo prolongou-se até sua morte anos depois; nem mesmo após o retorno de Thalie à França, cheguei a viver novamente com minha família.

Durante meses, mantive-me confinada em casa, sob os cuidados de vovó. Ela me preparava os pratos mais apetitosos, nos quais eu mal tocava, e me fazia tomar sol no jardim, estendida em uma esteira de palha, enquanto se ocupava com as flores. Assistíamos aos DVDs escolhidos por meu pai, sem que eu atinasse para o que se passava na tela da TV, as imagens multiplicadas como em um caleidoscópio. Vovó lia para mim, porque me era impossível ler os livros que minha mãe levava, assim como era impossível retomar a rotina mais básica, com os pensamentos desordenados e tudo ao meu redor envolto em uma aura de irrealidade. Difícil acreditar que eu acabara e o mundo seguia em frente.

Às vezes, era arrastada para trás, em um redemoinho de dor e imagens deformadas, de rostos e olhos abrumados, em uma atmosfera onírica. A sensação do sangue me escorrendo pelo rosto e pelas pernas me atingia, um jorro de pânico e desamparo que me toma ainda, que jamais será apagado, mesmo que eu me lave e me esfregue por cem anos, assim como Lady Macbeth com suas mãos.

Durante meses, não houve nada nem ninguém que conseguisse me arrancar daquele estupor — coração morto, palavra morta. Minha mãe, cada vez mais magra e abatida, ia me ver diariamente e me falava sobre os benefícios da medicação que me fora prescrita recentemente, última novidade no universo dos psicotrópicos. Afiançava que a minha recuperação não tardaria e que tudo iria acabar bem. Todavia, no rosto marcado pela desilusão, no olhar de incredulidade, dava para ver que ela própria não acreditava em uma só palavra do que dizia. Às vezes perdia o tom suave e caía em um pranto angustiado, implorando-me que voltasse para ela, sem que eu pudesse atendê-la. Dentro de mim erguiam-se uma lentidão e um vasto silêncio, como se eu habitasse um mundo aquático. Minha avó me ouvia sem que eu abrisse a boca e falava comigo o tempo inteiro no seu jeito sereno, bem-humorado, reconfortante. Contava-me histórias divertidas, e eu dormia abrigada em seus braços. Quando acontecia de acordar esmagada de pavor, ela me ninava com canções que faziam meu coração voltar a bater em segurança. Se meu pai ia me visitar, atuava como intérprete para as respostas às suas perguntas, que ele ouvia com expressão impaciente e desalentada. E garantia que eu ia melhorando, como se via no bronzeado da minha pele e no maravilhoso suflê de legumes preparado por mim, que ele não podia ir embora sem antes experimentar.

Minha mãe e vovó Sarita uniram-se na contratação dos melhores profissionais, alguns deles com um detestável ar de eficiência, para que me arrancassem uma palavra, qualquer uma que lhes contasse de mim, da Aglaia que elas conheciam e amavam. Por sugestão de um neurologista, uma fonoaudióloga passou a tratar minha afasia psicogênica e, duas vezes por semana, fazia-me exercitar os sons mais primários, abrindo e fechando a boca, tocando os lábios, mexendo a língua para lá e para cá diante de um espelho. Medicações eram trocadas de tempos em tempos, e as sessões com psiquiatras e terapeutas sucediam-se sem que eu avançasse um milímetro para além do meu abandono.

Foi com o aval do doutor Xisto que meu pai resolveu nos levar a *Saudade* para a comemoração do aniversário de vovó Sarita. Uma vez por semana ia encontrá-lo em seu consultório, e ele asseverava que eu estava indo bem, logo retomaria minha vida e, por certo, retornaria à escola no início do ano que se aproximava, em pouco menos de três meses. Minha mãe sorria, mas aquele não era seu sorriso — onde ela tomara emprestada aquela boca? Devia se perguntar, assim como eu, se doutor Xisto não estava sendo otimista demais. Com o desmame dos remédios que me incharam feito um balão, fui gradualmente tornando ao peso anterior. Minha mãe recomeçou a trabalhar, e meus irmãos baixaram a guarda, tanto que Eufrosine se dispôs, espontaneamente, a me acompanhar em passeios de bicicleta.

Fui a *Saudade* com uma falsa animação, equilibrando-me na corda esticada sobre o abismo da minha raiva contida. Não pisava lá desde a morte de Soberano. Assim que descemos do carro, minha avó correu em minha direção, abraçou-me e me disse alguma coisa amorosa o bastante para me molhar os olhos. Aquele gesto de perdão, manifestado diante da família, deixou-me surpreendentemente alegre. Já fora perdoada, mas significava muito para mim que os outros soubessem disso.

Até um determinado momento, o almoço de aniversário da minha avó transcorreu sem nenhum acontecimento de importância. Tia Gertrude e Demian foram convidados, algumas amigas de vovó vieram de Lajedo dos Ventos com os familiares, e Rosiel, a esposa e as filhas também compareceram. Ouviam-se os "Ahs!" e "Ós!" que antecedem e sucedem os cumprimentos, os estalos de beijos e as palavras gentis.

Vestida em calças jeans e bata estampada com borboletas, compradas por minha mãe àqueles dias, com a boca atopetada de salgadinhos, fiquei rondando a mesa ricamente forrada com toalha rendada, sobre a qual vovó arrumara vasos com flores e louça de pompa Os convidados circulavam do alpendre à sala e da sala à cozinha, cada vez mais soltos, rindo e falando alto, visivelmente satisfeitos, e passavam por mim quase tropeçando em meu falso contentamento. Minha avó ia de um lado para o outro, indagando se alguém precisava de alguma coisa, servindo um e outro e, vez ou outra, sentava-se para ouvir uma história e dar boas risadas.

No meio da tarde, porém, quando começaram a ajeitar a mesa para servir o almoço, corri os olhos pelo alpendre e não enxerguei Thalie nem Demian. Olhei outra vez, para me certificar, e apenas Heitor e Eufrosine continuavam papeando entusiasmadamente com as filhas de Rosiel. Como ousavam sumir durante a festa de aniversário da minha avó?

Deduzi que não haviam escapado pela frente da casa; eu os teria visto pelos janelões da sala. Esgueirei-me para o pomar pela porta da cozinha. Nem os pássaros que bicavam as frutas caídas das árvores nem os mosquitos que rodopiavam sobre as frutas nem De Lourdes, que dava uns saltinhos bestas em torno de uma folha carregada pelo vento, faziam ideia de onde os dois haviam se metido. Tampouco o espírito da menina de tranças no balanço, de quem me afastei correndo, não sem antes ouvi-la sussurrar "Não faça isso, Aglaia, não faça isso!", pôde me apontar a direção que Demian e Thalie haviam tomado.

Poderia ter aguardado que voltassem, se eu fosse a pessoa digna e corajosa que meus pais e minha avó esperavam que eu fosse. Todavia, eu estava mais para um tipo de animal que, ao farejar a própria desgraça, desabala atrás dela. Uma espécie de menina-bomba. Na pegada dos traidores, tomei o atalho que descia para o riacho, a pouco menos de um quilômetro da casa. A Coisa, que naqueles últimos meses andara amortecida, saltou encabritada e se pôs a patear, a corcovear e a se espojar dentro de mim. Seus olhos amarelos chispavam.

Em meio ao remanso da capoeira encalorada, avancei lentamente em direção ao desconhecido, cuidando para que os pés sobre o chão de folhas secas, garranchos e pedregulhos não me delatassem. Não sabia o quê, mas algo ia me empurrando para lá, para o espaço onde acontecem as coisas que não podemos evitar.

Quem batia pregos em meu coração?

Então, lá estavam eles deitados, meio desnudos, na vala do córrego, seco naquela época do ano, e protegidos pela sombra de umbuzeiros folhudos, cujos galhos pendiam sobre o leito branco de areia. Lá estavam eles, separados do resto do mundo, fazendo o que os namorados, os amantes, os meus pais e os pais do mundo inteiro faziam a portas fechadas.

Meu coração correu para baixo, quicando ligeiro como uma bola nos degraus de uma escada. Cobri a boca com a mão — o grito retido na garganta, o horror estrebuchando dentro de mim — não sei por quanto tempo, talvez os longos segundos em que não consegui me mover.

Um dia minha avó falou que algumas pessoas dão a impressão de já terem nascido velhas, outras mal deixam transparecer os vestígios dos anos, conquanto todo mundo, por lei natural, cresça, torne-se adulto e envelheça, como as serpentes trocam de casca repetidas vezes, até a última casca, até a morte. Creio que me caíram todas as cascas em um único dia, em uma única hora.

Envelheci e morri aos catorze anos.

Lembro-me de que me faltou o ar e de que escapei dali esbarrando em troncos sombreados, bracejando no mar obscuro de galhos e folhagens, trambolhando sobre a dureza escura das pedras, correndo daquele mistério como se corre de um cão raivoso. Já em casa, fechei-me no quarto com a bomba inaladora e repassei mentalmente aquela imagem um milhão de vezes. Por falta de analgésicos para o coração, suportei o insuportável até a hora em que me chamaram para cantar os parabéns.

Encontrei-os em torno da mesa com os outros. À minha frente, Thalie e Demian mostravam-se os habituais Thalie e Demian. Só eu conseguia enxergá-los no que guardavam de mais secreto e mais intenso, e me perguntava como era possível que a cena a que eu assistira não estivesse de alguma forma gravada neles, como uma tatuagem, uma cicatriz, um sinal qualquer, nos olhos, na boca, no semblante. Nada neles denunciava a profundeza do que me fora revelado.

Estavam todos lá, erguendo as taças, sorrindo, dando vivas à minha avó. Eu também estava. E não estava. Porque o meu era um mundo separado, e, enquanto o de lá vibrava em sons e claridade, no de cá pairava o mais puro e pavoroso silêncio.

Não parti para cima de ninguém. Não arranhei, não cuspi nem mordi nenhum dos presentes. Depois do período de internação na clínica, minha raiva, que não largara a mão da tristeza, andava agora de joelhos, pálida e de boca tolamente aberta, jogando-se contra uma coisa e outra, tão desfigurada que ninguém a reconheceria como raiva.

Foi assim, apartada do resto, que brindei à vida da minha avó, sorri para ela e a abracei ao final dos discursos. Nem ela atentou para a minha morte; nem ela percebeu que eu acabara de me tornar uma espécie de fantasma.

O bolo era de chocolate, ameixa e frutas cristalizadas. Servi-me de uma, duas, três, quatro fatias. Em seguida corri para o banheiro, meti o rosto na privada e, aos engulhos, assisti à gosma escura boiar na água, feito sangue coagulado. Ao entardecer, na hora mais triste do dia, quando os convidados já haviam partido e os de casa conversavam ainda em torno da mesa, passeei por entre as flores da minha avó, olhando para o nada dentro de mim e me perguntando o que fazer com ele. Mais tarde, muito mais tarde, quando todos dormiam havia horas, caí no sono, atravessada sobre os miosótis da colcha que cobria a cama, vestida com a roupa da festa, desejando que a manhã seguinte não amanhecesse, que o mundo fosse dormir e não despertasse nunca mais.

Algumas horas depois, porém, lá estava o mundo outra vez, de olhos bem abertos, e dentro dele minha mãe me chamava, mandando que eu me aprontasse para o café da manhã.

Na viagem de volta para casa, sentada no banco traseiro do carro, entre as duas Graças adormecidas, ouvi o tique-taque de uma bomba-relógio e, aguçando os ouvidos, soube que aquela ameaça vinha de dentro de mim. A Coisa sabia de coisas que eu não sabia. Algo estava prestes a acontecer. Algo terrível. Só não intuí que seria eu mesma, com meus próprios pés, que caminharia naquela direção, que faria sozinha aquela viagem sem volta.

Começou no dia em que conheci o garoto dos olhos afogueados no terminal de ônibus no Centro da cidade. Não sei o que eu fazia ali. Talvez descansasse os pés doloridos. Talvez estivesse apenas tentando seguir o conselho da minha avó. Ao vagar pelas ruas da cidade, entre rostos anônimos, não havia dúvidas: tudo o que eu fazia era seguir em frente.

Como havia excluído as praias da lista dos meus destinos, acontecia, com frequência, de caminhar quilômetros sem-fim para o lado oposto. O da cidade antiga, da praça embelezada com as flores dos abricós-de-macacos, da lagoa e suas palmeiras-imperiais, dos prédios históricos, das igrejas seculares e dos conventos fortificados, do porto fluvial desativado. Ao fim da tarde, exausta, tomava um ônibus de volta para casa.

Dividida entre a esperança de que eu me recuperasse completamente e o temor de que tornasse a entrar em paranoia, de que embarcasse em uma nova crise psicótica, minha mãe me liberava para aqueles passeios solitários, não sem angústia, ainda que com a autorização do doutor Xisto. Sempre que eu retornava para casa, ela me indagava, fingindo-se descontraída, tentando aparentar uma despreocupação que mal se ocultava no tremor da voz: "Por onde andou a tarde inteira, filha?"

Naquele dia, sentada nos degraus do pátio tomado de ambulantes, assistindo ao vaivém de passageiros e transeuntes, vi o garoto aproximar-se com um gingado de pernas arqueadas e peito descoberto. Pediu-me grana, cigarro ou algo para comer. Imaginei que tivesse uns dezesseis anos, mais ou menos. Levantei-me e lhe entreguei uma barra de chocolate que carregava no bolso da calça e duas notas de cinco, tudo o que eu tinha. Na mesma hora pensei que, sem dinheiro para tomar um ônibus, teria de caminhar uns dez quilômetros para chegar em casa. Senti-me uma completa idiota. O garoto afrouxou a boca, em um sorriso de dentes amarelos e entaramelados, e perguntou se podia fazer alguma coisa por mim. Na hora, neguei com a cabeça e agradeci. Mas, quase no mesmo instante, quando ele já se afastava, a Coisa bradou: "Sim, ele pode!" E mais que depressa dei meia-volta e, rompendo meu silêncio, gritei: "Ei, garoto, chegue aqui, por favor!"

Creio que a raiva, mais do que a insuficiência, mais do que qualquer outro sentimento, torna as pessoas audaciosas, temerárias. O garoto voltou para junto de mim e me ouviu em silêncio, não sei se perplexo ou indiferente, porque hora nenhuma eu o encarei. Falei para suas mãos, longas como as mãos de Demian. Sob as unhas, uma linha preta de abandono. Por fim, aceitou minha oferta.

vinte e cinco

Hoje minha mãe me trouxe um biscoito chinês e me disse: "A sorte está lançada e é toda sua. Vamos, filha, quebre o biscoito!" Segurei-o com cuidado, como se meu destino estivesse traçado ali dentro, e o mordi delicadamente. O biscoito rompeu-se em um craque, e uma ponta branca do papelzinho saltou lá de dentro. Puxei-o debaixo do sorriso da minha mãe e, ajustando os olhos nas letras miúdas, tentei inutilmente ler o que estava escrito ali. Minha mãe tirou-me o papelzinho das mãos e leu em voz alta: "Se escurecer, não lamente nem desanime; nada escurece mais do que a meia-noite."

O primeiro segundo depois da meia-noite já é um novo dia. Quando esse novo dia chegará para mim? Chegará?

vinte e seis

Deixei a bicicleta sob a marquise de um prédio abandonado a uns três quilômetros da universidade, onde minha mãe trabalhava. Naquela hora estaria em sala de aula, ou em seu gabinete, orientando algum aluno, corrigindo trabalhos ou preparando provas. Um dia, quando eu ainda era uma garotinha, minha mãe me levara lá, e eu lhe confessara que sonhava em ser professora como ela. Sonho perdido, morta que sou agora; e, já naquele tempo, eu intuía, existiam muitas formas de morrer.

Caminhei pela vereda cerrada de árvores, em cujas copas se ocultavam saguis de olhinhos assustados, que saltavam de um galho para o outro, guinchando à minha passagem. A Coisa, por não poder alçar voo e se pôr a salvo, como fazem as aves ao pressentirem as tempestades, recolheu-se em algum covil dentro de mim. Então, ouvi os passos, e ao me virar dei com o garoto, todo costelas, clavículas e omoplatas salientes. De bermuda, sem camisa, os pés descalços, a fogueira nos olhos. Por um segundo, fiquei paralisada. Em seguida, puxei do bolso da calça uma nota de cinquenta, tudo que eu conseguira furtar da minha mãe na noite anterior, e estendi o braço para que ele a pegasse. Aquele havia sido o acerto. Ele deveria fazer em mim o que eu vira Demian fazer em Thalie.

O garoto parecia não enxergar o dinheiro e se adiantou. Naquele instante mesmo voltei atrás. Gritei para ele não encostar em mim, recuei de costas e me estatelei no chão. Abaixou-se para recolher a nota que me escapara da mão, e por um segundo tive a esperança de que ele também desistisse. Àquela altura nenhuma parte de mim desejava que ele seguisse em frente. Não já fora pago?

Levantei-me de um salto e larguei a correr — pernas, coração e pensamento, um suor gelado a me cobrir o corpo. Tropecei e tornei a cair, e ele caiu por cima de mim. Quis lhe dizer que me arrependera, que ele estava certo quando afirmara que eu devia ser mesmo muito maluca. Atravessada por um raio de desesperança, tentei gritar, pedir socorro, mas, como em um pesadelo, a única palavra que me vinha à boca era "Não, não, não". Sem contar que qualquer palavra naquele ermo, mesmo que esgoelada, soaria inútil. Ali só tínhamos o matagal como testemunha. Caíra bem ao lado de um dos muros do cemitério. Em algum momento pensei em meus pais, em vovó Sarita e em minha casa, para onde talvez eu nunca mais retornasse. A minha vida lá longe, do outro lado da cidade. E eu, que não tinha nenhuma intimidade com o Deus da minha avó Sarita, olhei para o céu impiedosamente azul e lhe implorei que evitasse o inevitável.

Com a primeira ferroada, virei o rosto para não enxergar as labaredas nos olhos do garoto. A princípio, lutei ferozmente, mas os socos no rosto e os chutes nas costelas acabaram por me paralisar. Pregada naquela impotência, e ouvindo o assombroso assovio do vento nas vagens das cássias que sombreavam as sepulturas, fui invadida por uma espécie de dormência, pela sensação de que me afastava definitivamente das coisas que um dia haviam feito sentido, das pessoas que eu amava, de mim mesma. Tudo ficava para trás, como um mundo destruído por uma hecatombe.

Era possível morrer duas vezes?

Estremeci a um abanar de asas. Ergui a cabeça e, bem diante de mim, a Coisa soprava sobre o meu coração. Abaixou-se, e eu montei o seu dorso trêmulo, agarrando-me à cabeça de pelugem macia, que cheirava a terra e a sangue. De cima, contemplei a planície, a massa verde de árvores e arbustos, a fita castanha e ziguezagueante do rio que passava à janela do quarto que um dia fora meu, a clareira onde meu corpo permanecia estendido, o corpo do qual eu acabava de me separar.

A caminho de casa, a Coisa cantava, cantava, cantava. Soprava uma brisa perfumada de jasmins molhados de chuva e, pela claridade que me entrava pelos olhos, uma porta abria-se largamente para nós. Morrer não doía nem um pouco.

Ainda estou aqui. Sou uma Fênix. Ardi no fogo e ressurgi na pureza das minhas próprias cinzas.

Agradecimentos

Agradeço a todos que fazem o Centre D'Art Marnay Art Centre (Camac), diretores e colaboradores, que generosamente me receberam para a residência literária que resultou na escritura deste romance. Agradeço ainda aos colegas residentes, Anne Fisher-Wirth, Janell Tryon, Toru Hayashi, Lora Hyler, Maria Kim e Rebeca Darlington, pelo acolhimento e apoio.

Este livro foi composto na tipografia Dante MT Std, em corpo 12/16,
e impresso em papel off-white no Sistema Cameron da
Divisão Gráfica da Distribuidora Record para a
Editora José Olympio em julho de 2021

★

90° aniversário desta Casa de livros, fundada em 29.11.1931